木簡から探る和歌の起源

「難波津の歌」がうたわれ書かれた時代

犬飼 隆

笠間書院

「両面歌木簡」 第二章・参考図版

滋賀県甲賀市
史跡紫香楽宮跡
（宮町遺跡）出土

奈良時代（七四二年）、聖武天皇が近江国甲賀郡（現在の滋賀県甲賀市信楽町）に営んだ離宮が、紫香楽宮《しがらきのみや》である。

一九九七年に実施された第二十二次調査で出土していた木簡の一点が、二〇〇七年の暮、両面に歌が書かれているものであると判明した。「難波津の歌」と「安積山の歌」である。

次の三つの点でこの発見は画期的であると言える。

1●これまで出土物上に書かれた日本語の韻文のなかに『万葉集』に収録されている和歌と一致するものは発見されていなかった。

2●この歌句が「安積山の歌」であるなら、『万葉集』に収録されている訓字主体表記の姿とは異なり、一字一音式表記である。

3●この二つの「歌」を「歌」の作法を習得するための手本として使った事情が、既に奈良時代に存在していた徴証と解釈できる。

詳細は本書四六ページ以下をお読み頂きたい。

右ページ・カラー写真
左ページ・赤外線写真
（いずれも提供●甲賀市教育委員会）

なにはつにさくやこのはなふゆごも

奈迩波ツ尓佐久夜己能波奈布由己母

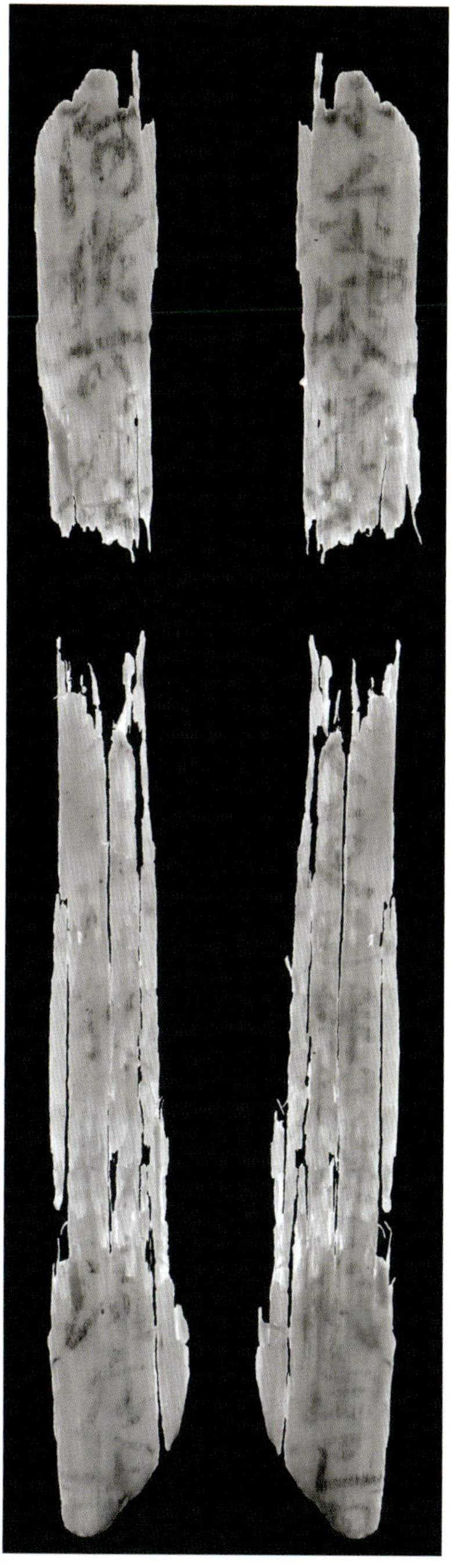

阿佐可夜麻加氣佐閇美由流夜真

あさかやまかげさへみゆるやま

復元木簡（模型）

（甲賀市教育委員会・奈良文化財研究所作成。万葉仮名の復元は本書の筆者による。）

なにはつに　さくやこのはな　ふゆごもり　いまははるべと　さくやこのはな

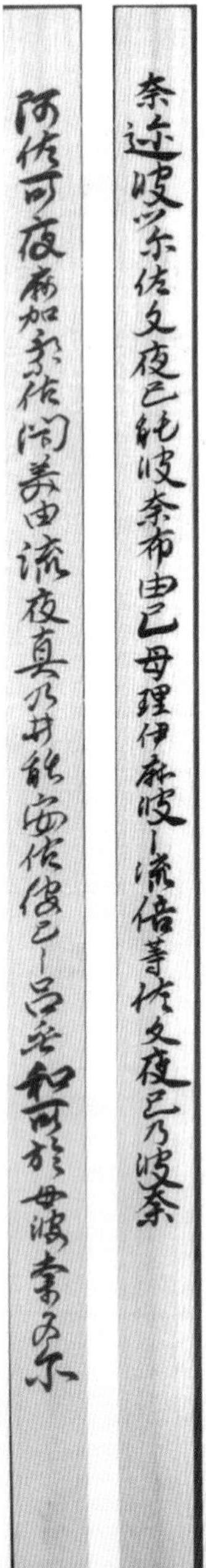

あさかやま　かげさへみゆる　やまのゐの　あさきこころを　わがおもはなくに

プロローグ
「うた」を素材にした「歌」が昇華して和歌となる

『古今和歌集』の仮名序は紀貫之《きのつらゆき》の作とされるが、その一節に「なにはづに咲くやこのはな冬ごもり今は春《はる》べと咲くやこのはな」とある歌句を、一般に「難波津《なにわづ》の歌《うた》」と呼び習わしている。本書はこの「歌」に関する専書である。この「歌」の正体を見極めると、それが和歌の起源の説明になるという論旨である。最初にその概要を述べよう。

同仮名序にはこの「歌」の成立事情が次のように書かれている。仁徳天皇が難波津にあって皇太子だったとき、応神天皇の後の即位を弟の皇子と三年ゆずりあわれたので、王仁《わに》がこれを詠んでたてまつった。冬を越して花が咲くように今がその時ですと天皇の謙譲の徳を讃えながら即位を促したのである。『古事記』『日本書紀』などの記事によると、王仁は漢の皇祖の血筋をひく学者で、応神天皇のときに百済から派遣されて日本に『論語《ろんご》』と『千字文《せんじもん》』をもたらしたと言う。その子孫が朝廷の文筆を司る文首《ふみのおびと》氏になったとされている。日本の漢学の始祖にあたる外国からの渡来人が、天皇を讃える「歌」（本書の趣旨では和歌でなく「歌」）をつくったことになる。仮名序の「難波津の歌」の成立事情や記紀の王仁の出自、事績は、事実そのままでなく、日本の朝廷の立場からつくられた説話である。この説話が「難波津の歌」そして和歌の起源を象徴的に物語っている。

「難波津の歌」はふしぎな「歌」である。なにがふしぎか？「難波津の歌」は『万葉集』に収められていない。歌句の内容からすれば巻一冒頭の天皇たちの事績を称える歌群の一つになっていてもおかしくない。平安時代には、**第二章**に述べるとおり、「安積山の歌」とともに和歌の作法の必修の手本であったにもかかわらず、歌集にほとんど縁がない。収録される機会が少なく、収録されても特殊な部立てに収められている。『古今和歌集』のなかでも、仮名序には「みかどのおほむはじめ」「うたのちち」と大きな扱いをうけているが、歌集を構成する和歌としては出てこない。有名な「歌」だったにもかかわらず和歌の世界からは遠いところに存在したのである。その一方、歌集以外のところに盛んに出てくる。**第四、五章**に述べるとおり、木簡に日本語の韻文を書いたものは今までに数十点出土しているが、その大部分が「難波津の歌」である。しかも、都だけでなく全国各地から出土する。土器や瓦に墨で書いたり刻んだりしたものもほとんどがそうである。時代も七世紀後半から十世紀にまでわたる。さらに、**第七章**に紹介するとおり、法隆寺の五重塔の天井板にも落書きされている。和銅四（七一一）年頃のもので、寺を建てた匠たちが書き込んだ可能性が高い。歌集とは別のところに「難波津の歌」の広い世界があったと考えなくてはならない。

ただし、「難波津の歌」の世界は、日本語の韻文を書いた木簡たちの世界と同一ではない。最近「歌木簡《うたもっかん》」という用語が一般に普及しつつある。**第一章**に紹介するように、二尺程度の木簡に片面一行に万葉仮名で歌句を書いて典礼の場に持参し口頭でうたったものである。本書の趣旨からすると、「歌木簡」に狭義であてはまるものは難波宮跡から出土した「はるくさの」木簡と「難波津の歌」を書いた木簡の一部だけである。「難波津の歌」木簡のなかにも「歌木簡」でなく習書とみるべきものが確実にある。それ以外の「歌」を書いた木簡には、完成した一首を書いたらしいものもあり、歌句の一部を習書したものもあるが、歌句の内容をみると、広義で「歌木簡」と解釈できそうなものもあり、在来の「うた」水準のものもあり、和歌の水準に近いものもある。そして、「難波津の歌」は『万葉集』の歌群の部立て（内容的な分類）で言うと雑歌《ぞうか》にあたるが、木簡に書かれた「歌」の多くは相聞《そうもん》にあたる。典礼の場でうたうなら雑歌か挽歌《ばんか》がふさわしいので、「歌木簡」ではないことになる。それらに和歌の源をみるというのが本書の趣旨である。

右に「日本語の韻文」「歌」「うた」そして「和歌」という用語を区別して使った。これらを本書ではそれぞれに定義して呼んでいる。とくに「　」を付けて「歌」と呼ぶものが趣旨の根幹に関わる。「難波津の歌」は「歌」の代表である。「うた」は、日本語の韻文として自然発生的に存在した在来のものをさす。一般的な呼び方では民謡に近い定義になる。「歌」は、朝廷の文化政策によって典礼の場でうたうために整備された様式をさす。五七五七七の形式に整えられているが、文学作品でなく行事の儀礼として口頭でうたったものである。和歌は、「歌」の様式に則って個人的に享受する目的でつくられたものをさす。「日本語の韻文」は、これらを総称して学問的な態度で呼ぶ。このほかに「歌句」「語句」「字句」そして『古事記』『日本書紀』などの「歌謡」という用語を使うが、それらはとくに定義せず一般の呼び方に従っている。

これらの用語を使って本書の主旨をひとくちに述べると次のようになる。七世紀に「うた」を素材にして「歌」の様式がつくられ、八世紀に「歌」を昇華して和歌がつくられ、そのとき「うた」の性格が復活して九世紀以降に至る。

もう少し詳しく述べ直そう。**第三章**に述べるとおり、七世紀、日本の朝廷が中国にならって律令国家体制をとろうとしたとき、文化政策も中国化をめざした。中国では「楽府《がふ》」という様式の漢詩が民の声をあらわすものとして公に収集、整備され演奏されていたが、日本の朝廷は日本の楽府にあたるものとして「歌」の様式を整備した。そのあらわれが狭義の「歌木簡」である。在来の日本語の「うた」を素材にして、漢詩の様式と表現を取り入れながら形式を整えたのである。そのなかで早くに成立し典礼向けの汎用の「歌」としてうたわれたのが「難波津の歌」である。つまり、「難波津の歌」は「歌」の代表だった。先にあげた「難波津の歌」を王仁が詠んだという説話は、中国化をめざした朝廷の文化政策によって「歌」の様式がつくられた事情を反映している。成立した当初「歌」は「唐様《からよう》」の文化だった。

そして、**第六、八章**に述べるとおり、柿本人麻呂や山部赤人たちが「歌」を整備する任にあたったが、つくられた作品のなかの優れたものが文学作品として私的に享受されるようになった。また、貴族たちのサロンで、中国の人士が漢詩を詠むのにならって、「歌」の様式に則りながら個人的な作品がつくられた。**和歌の起源はそこにある。**「歌」が祝祭や葬儀など典礼のためのものであったのに対して、和歌は私的な集まりや個人で楽しむためのものであった。「歌」が和歌に昇華するとき、歌句の表現に漢詩、漢籍、仏典の影響をますます深く受けた。一方、個人向けに詠むという事情にともなって、つくられる目的に「歌」の素材であった「うた」のもつ相聞的な性格が復活して反映した。

平安時代に入ると、専用の「歌」はおそらく「難波津の歌」だけになり、和歌が典礼向けにも詠まれるようになる。言い換えると、「歌」と和歌との区別がなくなる。また一方、和歌は個人の意志や感情を伝える媒体として貴族社会に日常のものとなる。「和様《わよう》」の「うた」を素材にして「唐様」の「歌」がつくられ、さらに、「唐様」をふまえた「和様」の文化として和歌が成立したのである。このような経緯は、七〜十世紀の日本文化の歴史全体に観察されるところと一致する。

念のために述べておこう。「歌」と和歌との区別は、議論をすすめる上での理論的な仮設である。「歌」としてつくられたものが和歌として享受されても良いし、和歌に近い性格の「歌」があっても良い。たとえば『万葉集』巻五の「梅花宴」の和歌群は素材になった「歌」との距離が近いであろう。防人歌は原形の「歌」もしくは「うた」と『万葉集』に見られる形との距離が遠いであろう。先に「難波津の歌」以外の「歌」を書いた木簡のなかに広義の「歌木簡」も「うた」水準のものも和歌の水準に近いものもあると述べたのは、この実情をふまえている。新しく発見された紫香楽宮跡の「あさかやまの歌」木簡に書かれた歌句は、癒しの「うた」かもしれないし、何らかの私的な儀式用の「歌」かもしれないし、初期の創作和歌かもしれない。それに対して「難波津の歌」は純粋の典礼向けの「歌」だった。

なお、「歌」から文学作品としての和歌への昇華は、用途が典礼向けから私的な享受へ変化しただけでなく、表記形態の変化をともなった。「あさかやまの歌」木簡は「歌」の様式に則って万葉仮名による表音表記で書かれている。同じ歌句が『万葉集』に「安積山の歌」として収録されたときは漢字の訓よみを主体にした表記で書かれた。歌句が同じであっても、口頭でうたうのに適した表音表記と、歌句の発音の再現に手間を要するが目で見て楽しめる訓よみを主体とした表記と。この対立は「歌」と和歌との性格の対立に平行している。「難波津の歌」は決して訓よみを主体とした表記で書かれなかった。しかし、平安時代には、平仮名が成立して、和歌を漢字の訓よみで書くことは特殊な場合を除いてなくなる。そのとき、「歌」と和歌との違いも失せる。

第九章に述べるとおり、**八世紀には、「難波津の歌」は誰でも知っている「歌」、『万葉集』は限られた知的エリートのものであった。**しかし、「歌」と和歌との違いが失せた後の紀貫之たちには、『万葉集』が、「歌」のもっていた公的な性格を帯びた歌集のように見えたのだった。以下、本文を味読されたい。

【目次】

木簡から探る和歌の起源

「難波津の歌」がうたわれ書かれた時代

第一章

難波宮跡から出土した「歌木簡」

二〇〇六年十月十三日付けの新聞各紙で大阪の難波宮跡から「万葉仮名文」の木簡が出土したと報道された。七世紀中頃のものである。次頁に掲げた図①のように「皮留久佐乃皮斯米之刀斯□」と書かれている。字数から和歌の五七五七七の形式の第二句までにあたるようにみえる。書かれている文言の冒頭は「春草のはじめ…」のようによめる可能性が大きい。

●七世紀中頃に「歌」を一字一音式で書きあらわしていた物証

このような万葉仮名で日本語の音節を一つずつ書きあらわす表記の仕方を「一字一音式表記」という。これに対して、漢字の訓よみを語句にあてたものを多く使って書きあらわす表記の仕方を「訓字主体表記」という。以下、本書の論述全体にかかわることなので、ここでこの二つの表記方法を解説しておこう。

たとえば『万葉集』巻一の冒頭の雄略天皇御製のはじめの部分は「籠毛與美籠母乳布久思

図①◀難波宮から出土した「歌木簡」（提供・財団法人　大阪市文化財協会）

▼釈文

皮留久佐乃皮斯米之刀斯□

▼赤外線写真

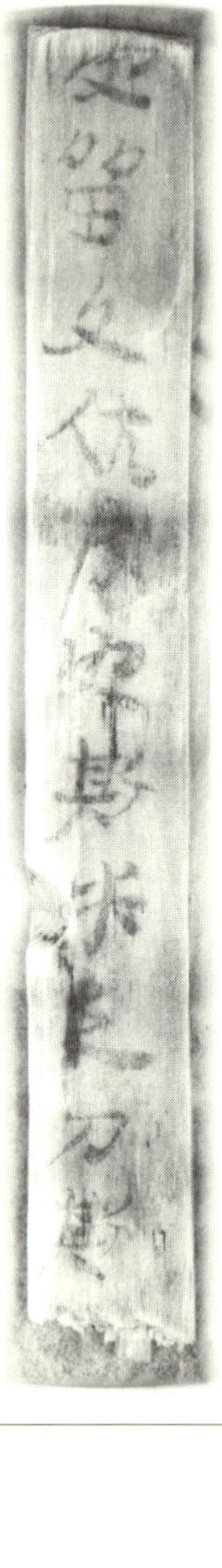

▼木簡実測図

毛與美夫君志持此岳菜採須児…」と書かれている。これを今日では「籠《こ》もよ美籠《みこ》もち、ふくしもよ美《み》ふくしもち、この丘《をか》に菜摘《なつ》ます児《こ》」とよむ。「籠」「持」「此」「岳」「菜」「採」「児」は漢字の訓よみで漢字のもともとの意味とほぼ同じ意味の日本語をあらわしている。他の字は万葉仮名の用法で、漢字の音よみまたは訓よみを借り、漢字の意味を無視して日本語の発音をあらわしている。たとえば二字目の「毛」は音よみを借りて日本語のモの発音をあらわし、そのとき「け」にあたる意味は無視している。このように、主に漢字の訓よみと意味を用いて日本語にあてながら、助詞・助動詞や、漢字で書けない語彙を万葉仮名を用いて表音的に書きあらわす方法をさして「訓字主体表記」と呼ぶ。ただし、『万葉集』の訓字主体表記に用いられた万葉仮名は、漢字の意味を無視しているといっても全面的にでない。右の「美」も意味を兼ねて接頭辞「み」をあらわしているし、「乳」は訓よみを借りてチという発音をあらわしているが、漢字としての意味を意識して使われているようにみえる。

　それに対して、たとえば巻五の国歌大観番号七九三（以下、「七九三番歌」のように示す）は大伴旅人《おほとものたびと》の作歌であるが、そのはじめの部分は「余能奈可波牟奈之伎母乃等」と書かれている。これを「世《よ》の中《なか》は虚《むな》しきものと」とよむ。このような万葉仮名を使って一音節を一字ずつで書きあらわす方法が「一字一音式表記」である。『古事記』『日本書紀』の歌謡は一字一音式で書かれ、訓よみする用法の漢字を全くまじえない。しかし、『万葉集』の一字一音式表記は、訓よみを借りた万葉仮名や漢字の訓よみによる用法をわずかにまじえるときがある。七世紀の木簡などにみられる一字一音式表記は、それらをまじえたものがめずらしくない。後に述べるとおり、実はこの難波宮の木簡もそうである。これで本筋にもどろう。

　この木簡が出現する以前には、日本語の文を一字一音式に書いたものは、七世紀後半から末のものが最も古かった。徳島県の観音寺《かんのんじ》遺跡から一字一音式に「歌」を書いた七世紀末の木簡が出土した後、奈良県石神《いしがみ》遺跡からも七世紀末の「歌」を書いた木簡が出土した。一字一音式に書かれた歌句はいずれも「難波津の歌」である。プロローグでふれたとおり、今までに出土物上に発見された日本語の韻文は、この「難波津の歌」の歌句を書いたものが大半である。さらに、奈良県の山田寺《やまだでら》跡から出土した七世紀後半の瓦にへらで「奈尓皮」と刻まれたものが「難波津の歌」の書き出しではないかと指摘されていた（東野治之《とうのはるゆき》「出土資料からみた漢文の受容」『国文学解釈と教材の研究』44巻11号１９９９）。この難波宮の木簡は、それらよりさらに古い時代に日本語の韻文を一字一音式表記で書きあらわしていた物証になる。

　この木簡の出現について、多くの研究者が「歌の文字化論争」に終止符をうつものと評価した。後の第五章で詳しく述べるように［↓118ページ］、一九六〇年代から二〇〇〇年代に入った頃まで、日本語の韻文の表記の仕方の歴史上、このような一字一音式表記が先行したのか、それとも、訓字主体表記が先行したのか、研究者の間で議論が行われていた。一字一音式には右にあげたような物証があるのに対して、七世紀に訓字主体表記で日本語の韻文を書いたものはみつかっていない。事実に基づいてすなおに考えれば議論の趨勢は自ずと明らかだったが、この木簡の出現は、それを決定付けたと言える。今後、日本語の韻文を訓字主体表記したものが発見されないとは保証できないが、早い時期から一字一音式表記が行われていたことは、もはや否定できない。

報道当日の京都新聞と神戸新聞に掲載された舘野和己《たてのかずみ》氏の発言に「人麻呂はあえて流行の万葉仮名でなく斬新な表記法を使い、読んでみろと挑発したのかもしれない」とある。これまでの論争と研究状況を把握して述べているが、事情に詳しくない人にはわかり難いかもしれないので少し解説を加えておこう。舘野氏の言う「斬新な表記法」とは、万葉仮名による一字一音式表記ではなく、訓字主体表記のことである。柿本人麻呂が自作の和歌を表記するために訓字主体表記を工夫したのではなかったかという説が唱えられていた。そして、こうして七世紀中頃に万葉仮名による一字一音式表記が行われていた物証が出現したので、先にふれた観音寺遺跡や石神遺跡の木簡の状態とあわせ考えると、七世紀末には万葉仮名で日本語の韻文を書くのが「流行」であったとみなすことができる。そこへ柿本人麻呂が「斬新な」訓字主体表記を持ち出したのではないかと、氏は述べているのである。

●「歌」の「習書」でなく清書

この木簡が出土した意義はそれだけにとどまらない。「歌の習書」という理解の仕方そのものを根本から見直す必要性をもたらした。というのは、後に第五章のはじめに示す観音寺遺跡の「難波津の歌」木簡の写真を見ていただきたい〔↓116ページ〕。長方形の材の左端に書かれている。この「難波津の歌」を書くためだけの目的で材を整形したようには見えない。また、後にいくつかの図や釈文で示すように、日本語の韻文を書いた木簡には行政文書の語句がともに書かれているものが少なくない。このようなことから、従来、日本語の韻文を書いた出土資料は「習書」だと考えられていた。そして、そのように考える研究者のなかでも、少なからぬ人が、木簡などに韻文を書いたのは万葉仮名の練習のためだと考えていた。代表的な見解をあげれば、東野治之氏が、「難波津の歌」は、少なくとも七世紀末以降、官人層とその周辺に広く流布していたと指摘し、それを習書した目的は常用仮名を暗誦するためであったと述べている（「平城京出土資料よりみた難波津の歌」『萬葉』第九十八号）。

東野氏が「固有の言語を表記するため、仮名に対する知識が不可欠とされた事情があった」と述べていること自体に誤りはないが、そのための素材として、韻文、なかでも「難波津の歌」がとりわけて選ばれた理由が説明できない。韻律を記憶の便宜に利用することは今日もある。平安時代の「いろはうた」はもちろん「あめつちことば」もおそらく韻律を付けて暗誦されたと考えてよい。しかし、「難波津の歌」の歌句は「咲くやこの花」を繰り返す。これは仮名の種類が少なくなるので、多くの音節にわたって万葉仮名を練習しようとするには不利である。わざわざそれを素材にして万葉仮名をおぼえようとしたはずはない。そこで筆者は、目的は文字の習得でなく「歌」を書く作法の練習であったと考えた。歌をつくりうたうことが官人の職務の一つであったと推定し、木簡に「歌」を書いたのもそのためであったと考えた。そしてさらに、実際的な目的で木簡に「歌」を書くときもあったのではないかと想像した。実際的な目的とは、後に述べるように、典礼の場でうたうための原稿を用意する、あるいは、書いた「歌」を人に贈って意志や感情を伝えることである。これが前著『木簡による日本語書記史』（笠間書院２００５）第八章で述べた筆者の説である。

しかし、この難波宮の木簡の発見によって、具体的な用途に用いた「歌」そのものを木簡に清書として書くことがあったと解釈される可能性が生じた。この難波宮の木簡は、材の上端面と側面を面取りして表面を丁寧に削ったところに字を書いている。二〇〇六年度の木簡学会研究集会における大阪市文化財協会の藤田幸夫氏の報告によれば、裏面は整形していないので「当初から片面にのみ書く予定だったと考えられる」由である。ふつう、木簡は再利用した後に使い捨てられたので、出土する木簡のほとんどが二次的な整形を施されているが、この木簡は、今残っている文字を書くために材を削って使った後、再利用しないで廃棄した状態を呈しているわけである。歌句を作るための下書きではなく、再利用した材に歌句を書いたのでもなく、使用目的のための清書そのものということになる。

しかも用いられた材と書かれた字が大きい。残っている字句が三十一字の一部だとすると全文を書くためには六十cm程度の長さがあったことになる。幅は三cm弱のところに一行だけ字を書いているから、少し離れたところからも字句がよめたはずである。これらのことから、何人かの研究者が、祝祭の席で朗唱する目的で書かれたのではないかという見解を示した。筆者も、たとえて言えば歌詞カードではないかと述べた。読売新聞（大阪版）、京都新聞の当日の記事に発言が掲載されている。

●「歌木簡」の提案

新聞報道の半年後、平成十九年度の美夫君志会全国大会（二〇〇七年七月七日）の席上、この難波宮の木簡を主たる根拠にして、栄原永遠男《さかえはらとわお》氏が画期的な見解を述べた。日本の木簡の様式の一つとして、新しく「歌木簡《うたもっかん》（仮称）」というものをたてようという提案である。「歌木簡」という呼称は、『COEプログラム特別シンポジウム「難波宮出土の歌木簡について」（奈良女子大学21世紀COEプログラム「古代日本形成の特質解明の研究教育拠点」平成十八年十一月十九日）』で使われたもので、乾善彦《いぬいよしひこ》氏の創案にかかる由である。栄原氏の考え方は細部で少しずつ変化しているが、ここでは二〇〇七年十二月一日の木簡学会研究集会におけ

万葉の〝歌詞カード〟

和歌木簡 貴人、宴席で使用か

識者ら指摘

▲最古の和歌木簡が出土した難波宮跡（9月24日、大阪市中央区で）＝市文化財協会提供

「日本語表記や和歌の歴史にとって画期的な発見だ」。大阪市中央区の難波宮跡で万葉仮名で和歌を記したとみられる最古の木簡が見つかったことに識者らは一様に驚きの声をあげた。

万葉仮名は、5世紀後半ごろから固有名詞の表記に用いられたことは知られている。しかし、文の表記に使われていた事例は、徳島県鳴門市の観音寺遺跡で1998年に出土した木簡（7世紀後半）が、これまでは最古とされていた。

大阪市教委などの調査で7世紀中ごろと確認された今回の木簡は、大化改新（645年）の後に孝徳天皇が造営を始めた難波長柄豊碕《ながらとよさき》宮の南西部から出土した。手慣れた筆遣いで書かれており、漢字に習熟した貴族か役人が書いたものらしい。

犬飼隆・愛知県立大教授（日本語学）は「和歌は誕生した当初、貴人の宴会などで声に出して歌っていたと考えられる。そのために用意した歌詞カードのようなものだったのではないか」と推測する。

▲読売新聞（大阪版）、2006年10月13日（金曜日）記事。筆者の発言が掲載されたもの。

る氏の報告「歌木簡の実態とその機能」と集会における討論をふまえて論述する。読者は氏の論考（「木簡として見た歌木簡」『美夫君志』第七十五號２００７・11）も参照されたい。

氏の提案の根幹は、二尺程度の長い木簡に、表面だけに、それも一首を一行に、一字一音式表記で歌句を書く様式である。長い材に一首片面一行の様式は、典礼の場へ持参して口頭でうたったという機能の推定と連動している。たてかけて、あるいは、かかげて示すためだったのである。難波宮の発掘で、歌句を書いた木簡とともに五〇cm程度の長さの同じような形状の木切れが一点出土している。何も書かれていないが、これはその様式で用意して使わなかったものと理解することができると言う。万葉仮名の練習なら通常の木簡の再利用か木製品の廃材に書けば充分で、その状態を示す実物も数多く出土している。ひとかかえもある材を丁寧に整形して使う必要はない。二尺という長さについては、多田伊織《ただいおり》氏が同日の木簡学会研究集会の討論において中国の「策書《さくしょ》」（天子が百官を任免する辞令）に用いる簡が「其制長二尺」であることとの関係を示唆した。なお、この難波宮の木簡の字には先の尖ったものでなぞった跡があるので、字形を写すようなことが行われた可能性を考える説もあったが、それについては、四字目と五字目に限られているので、栄原氏は否定的である。

これまでに出土した日本語の韻文を書いた木簡のなかに、この様式にあてはまるものが確かにある。「難波津の歌」を書いた木簡の一部がそうである。

●「難波津の歌」木簡の一部が「歌木簡」

二〇〇三年に公表された奈良県石神遺跡の「奈尓波ツ尓佐児矢己乃波奈□□［　　］【表】□倭マ物マ矢田マ丈マ□【裏】」は天武朝のもので、あきらかにこの様式に合致する形状である（図②）。文字の残っている部分から比例計算して三十一字分の原形を復原する栄原氏の方法によると、約二尺の材に歌句が片面一行に書かれていたと推定される。裏側の氏族名「倭マ」などは再利用の際に書かれたと考えて良い。

二〇〇〇年に平城京の第一次大極殿西側から出土した「難波津の歌」木簡は、あるいは奈

図②◀石神遺跡「難波津の歌」奈良文化財研究所『飛鳥・藤原宮発掘調査出土木簡概報（十七）』、二〇〇三。（提供・奈良文化財研究所）

良時代初期のものかと言われているが、これも「歌木簡」の規格に合致する。形状など詳しくは後に第四章の1．で述べる［→097ページと図⑨］。

しかし、二〇〇一年に公表された藤原京左京七条一坊出土の「難波津の歌」木簡は、長さが四〇cm近くあるが、表面の一行目が「奈尓皮ツ尓」ではじまり「伊真皮々留マ止（今は春べと）」で終わり、二行目の冒頭の字が「佐久」でその下の字はよくよめないが末句「咲くやこの花」が書かれていたのであろうと推定されている（図③）。もし一首全体を一行に書くのが規格であったとすると都合が悪いが、栄原氏はこの木簡の場合は二行に書かれていたとする。

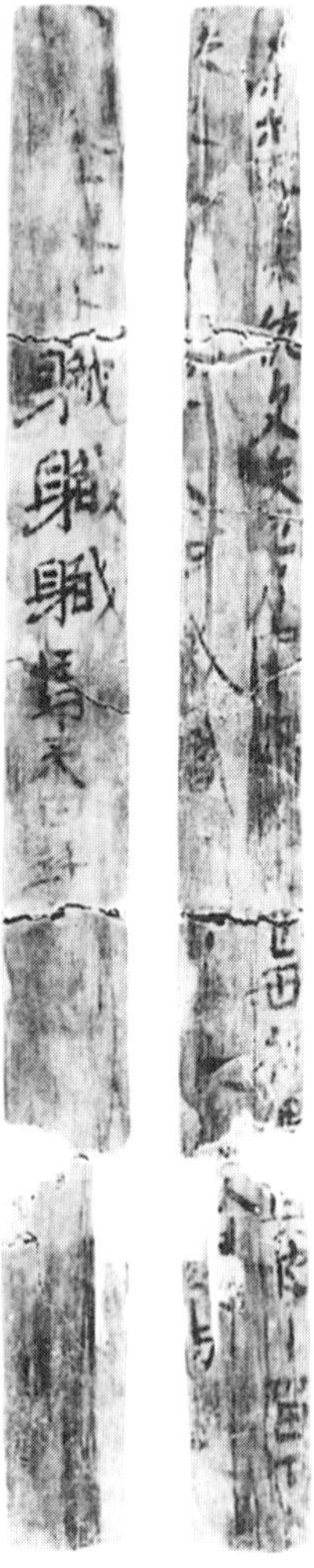

図③◀藤原京「難波津の歌」木簡学会『木簡研究』第二五号、二〇〇三より引用。表面は二行に書かれている。

●「歌木簡」の様式はどこまで貫徹されていたか

栄原氏が提案した「歌木簡」の様式について筆者が問題点と思うところを述べておこう。まず、長さ二尺の規格を重視すべきである。この章の末尾に述べるように、通常の木簡の長さ一尺に対して、二尺のものは特別な権威付けが行なわれていたふしがある。そして、日本語の韻文を書いた木簡のうち二尺の規格に合わないものは、歌句の内容も典礼向けでない。それについては第八章で個々の木簡に即して詳しく述べる。

次に、通常の木簡に書かれる変体漢文体の文章には一行書きも二行書きもある。大きく一行書きではじめて途中から二行書きになるときもある。さらに部分的に小字割り書きの形をとるときもある。そして、表面で文意が尽きなければ裏面へ続く。表面から裏面へ移るときに文の意味上の切れ目が考慮されることはない。栄原氏の提案をうけて日本語の韻文を書いた木簡をみなおすと、確かに一首片面一行書きの原則が成り立つ例が多いようである。しかし、一つの面で歌句が二行にわたる例をどのようにみるか、また、表面だけで末句まで書きおわって裏面に続くことがなかったか、なお慎重に検討する必要がある。今までの研究は、釈文と文脈の読解が、表面から裏面へ続くという前提のもとに行われてきたので、全面的な見なおしが必要になる。

たとえば、後に第四章の2．と第八章で秋田城跡から出土した「波流奈礼波伊万志□□□

「［　］…【表】由米余伊母…【裏】」と書かれた木簡を取り上げるが［↓110、178ページ］、これは表面と裏面で筆跡があきらかに異なり、字と字の間隔も異なるので別の二首であると栄原氏は指摘する。筆者も賛成である。しかし、後の第四章の2．で詳しく検討するが、奈良県の飛鳥池遺跡から「□止《と》求《く》止《と》佐《さ》田《だ》目《め》手《て》□…【表】」「羅《ら》久《く》於《お》母《も》閉《へ》皮《ば》【裏】」と書かれた木簡が出土している［↓106ページ］。これについて栄原氏は、全体を一首の長歌と考えるが、本書の筆者は疑問をもつ。裏面の「羅」の上に字の書かれた痕跡がない由で、氏はこの位置を一字分の空白として、その上にも字が書かれていた字配りを復原しているが、この「羅久」はおそらく接尾辞「らく」であろうから語頭にはならない。語の中途に空白を入れて文を書くことは考えられない。この木簡は表面も裏面も複数行の文字が書かれていたことが確実である。書かれていたのがすべて万葉仮名であったとすれば、右に残っている墨痕に相当する字句から改行して「羅」が行頭になったと推定するのがすなおではないかと思う。それなら表裏それぞれに歌句が二行にわたって書かれていたと推定することができ、この木簡は日本語の韻文が書かれているが狭義の「歌木簡」ではないということになる。

徳島県観音寺遺跡の「難波津の歌」木簡は、先にもふれたとおり、今残っている材の左隅に語句が書かれている。実は中央にも「難波津の歌」を書いた痕跡がある。それがはじめに一首片面一行の規格で書かれたとすると、この行は後で書き加えられたことになる。その事情をどのように説明すべきか。さらに、観音寺遺跡の木簡は二〇〇五〜六年度に再調査が行われてよみなおされた。その際、もう一つの「難波津の歌」木簡が確認された。その調査報告は本書の刊行時点でまだ公刊されていないが、調査にあたった和田萃《わだあつむ》氏と藤川智之《ふじかわともゆき》氏からの教示によると、旧報告書『観音寺遺跡Ⅰ（観音寺遺跡木簡篇）』（徳島県埋蔵文化財センター）で十二号木簡と呼ばれていたものは「難波津の歌」であった。本書の筆者の前著（『木簡による日本語書記史』笠間書院）の一一九頁で「漢字の訓と万葉仮名まじりで日本語の散文を書い」たと推定した漢字列であるが、そう言われて旧報告書の掲載写真をみると一字一音式の万葉仮名列としてよむことが可能のようである。和田氏による旧推定釈文では、今残っている材の下部に書かれた主要な二行が「前尓波狩尓仰□卯」「気尓波朔伍日」とされていたが、今回の指摘を承けると、一行目のはじめの五字が「難波津の歌」の冒頭「◇には◇に」と一致し、二行目は二字目と三字目が「◇には◇◇」と一致することに気付かされる。そして、二行目の四字目は言われてみると旧報告書の写真でも「朔」でなく「都」によめる。それなら、歌句の冒頭「なにはづに」が二行くり返して書かれていることになる。とすると、これも一首片面一行の規格にあてはまらない。このような例を含めてなお考える必要がある。平安時代には和歌を一行に書かないことも視野に入れておくのが良いだろう。

栄原氏の説は、今までに出土している日本語の韻文を書いた木簡をすべてみなおして、材の整形状況や筆跡を子細に観察した上にたてられているので、提案の主旨が真であることは動かせない。書かれている歌句の内容にはあえてふれないという研究方法を採っているので、外形に関する結論にはむしろ客観性がある。国語国文学者は出土資料を扱うときに、書かれた文字、それもその意味内容しか見ようとしないとは、歴史学者がしばしば口にする批判である。私たちは大いに反省すべきだろう。それにしても、二尺の材に一首片面一行という規格がどの程度に貫徹されていたか、なお検討を重ねなくてはならない。

●難波宮木簡の字句の内容

様式についての説明と議論はここまでにして、難波宮の木簡に書かれた字句の内容をみよう。すでに毛利正守《もうりまさもり》氏による考察（『古代日本形成の特質解明の研究教育拠点　奈良女子大学21世紀COEプログラム報告集Vol.12「難波宮出土の歌木簡について」』２００７・５）があるが、ここには筆者の見解を述べる。以下、16頁の図①を参照しながらお読みいただきたい。なお、記述中の「古韓《こかん》音《おん》」という漢字音と万葉仮名の用法について詳しく知りたい読者には著者の『漢字を飼い慣らす　日本語の文字の成立史』（人文書館２００８）をおすすめする。「上代特殊仮名遣い」と動詞の活用形の関係は橋本進吉氏が明らかにし（「上代の文献に存する特殊の仮名遣と当時の語法」『文字及び仮名遣の研究』岩波書店１９４９）、大学向けの日本語史の教科書には必ず書かれているので参照されたい。

最初の五文字は「はるくさの」とよんでまず間違いない。「皮」という字は、これまでにあげた木簡にもすでに出てきているが、「波」と同じように日本語のハをあらわす万葉仮名として使われたもので、この字の使用が七世紀の資料であることを知る一つの目安となる。「波」の略体とする見方もあるが、「皮」であっても、今私たちが使っている漢字の音よみとは異なり、古韓音《こかんおん》による音よみではハの音にあてることができた。古韓音は中国の二、三世紀の漢字音が朝鮮半島に輸入されたのち日本列島に伝えられたものである。木簡には古韓音をもとにした万葉仮名が多く使われている。詳しく知りたい読者は前著『木簡による日本語書記史』第一章、第六章を読んでいただきたい。その後に続く「留久佐乃」は、いずれも万葉仮名としてよく使われた字なのでとくに述べることはない。あえて言えば、ルの万葉仮名に「留」が使われているのはこの時代にふさわしい。後には「流」が使われるようになる。

この「はるくさ」は「春草」の意味であろうが、『万葉集』をみると「はるくさ」という語句は全部で四例出てくる。巻一の二九番歌の例は「…大宮はここと聞けども大殿はここと言へども春草の繁く生ひたる」、巻三の二三九番歌は「…ひさかたの天見るごとくまそ鏡あふぎて見れど春草のいやめづらしき我が大君かも」、巻六の九八八番歌は「春草は後はうつろふ巌《いはほ》なす常磐《ときは》にいませ尊き我が君」、巻十の一九二〇番歌は「春草の繁き我が恋大き海の千重に積もりぬ」という文脈である。ほかに巻十一の二五四〇番歌の字句「青草」を「はるくさ」とよむ説もあるが除外して考える。これら全体をとおしてみると「はるくさ」という語は、文学的な表現としては、春になれば生い茂る植物のような生命力を賛美する意味で使われたようである。巻一の用例は荒れてしまった近江の都の情景であるが「はるくさ」自体は人間界が変化しても変わらない自然界の力を象徴している。巻六の用例も、いずれ枯れてしまうことを言っているので否定的にみえるが、歌の趣旨は盛んな生命力よりさらに勝る不動性を賞賛するところにあり、「はるくさ」自体がほめ言葉であるのは変わらない。

漢語「春草」は漢詩によく使われた語句で、『万葉集』の漢字表記もその影響を受けている可能性が高い。「はるくさ」を漢字で「春草」と書くことによって、漢詩の語句として帯びていた意味用法を歌句にこめているかもしれない。その方面に筆者は詳しくないので、専門家による検討を期待しよう。すでに井上さやか氏の試論（「「春草」とハルクサ―季名を冠する物色の倭製―」『万葉古代学研究所年報』第5号2007）がある。

次の字句「皮斯米」は「はじめ」とよみ「初め」の意味であろう。「はるくさの」とあわせて、新春とか萌え出る力にあふれた生命とかをあらわしていると解釈してまず間違いない。万葉仮名の「皮」についてはすでに述べたが、「斯」は日本語のシをあらわすために使われた万葉仮名のなかで古い層に属する。八世紀に入ると「志」が主流になり、「斯」はあまり使われなくなる。朝鮮半島の「吏読《りとう》」や「吐《と》」の表音用法でも「斯」が-sあるいはsiのような発音をあらわす字としてよく使われている。吏読とは漢字で朝鮮半島の固有語の文を書きあらわした方法であり、日本の変体漢文にあたるものである。そのなかの、固有語の発音を漢字の音よみ訓よみを借りてあらわす用法の字である。吐は固有語で漢文をよみ下すときのよみかたを示すために使われた漢字をさす。日本の訓点にあたるものである。それらの用法に「斯」の用例が多くみられるのである。朝鮮半島と共通の用法が七世紀まで行われていたと考えて良い。「米」は上代特殊仮名遣いで言うメ乙類の万葉仮名である。専門の向きには改めて言うまでもないが、八世紀以前には九世紀以降とは異なる発音の区別があり、それが万葉仮名の使いわけに反映している。カ・ガ行、ハ・バ行、マ行のエ段乙類音と呼ばれる発音は下二段活用の未然・連用形にあらわれる。「初め」は下二段活用の動詞「はじむ」の連用形から転じた名詞なのでメは乙類になり、全く問題がない。

その後の「之刀斯□」は問題がいくつかある。新聞報道のなかに上の三字とあわせて「初めの年」と解釈できるような口調の記事があった。それなら、書かれている「歌」の内容は新年の祝いとか何かの事始めに関係があると理解できるのだが、簡単にはいかない。

まず「之」は訓よみして連体助詞に解釈するべきか、それとも音よみしてシの万葉仮名として解釈するべきか。「はじめ」に続けて「はじめの」とよむか「はじめし」とよむかということである。先に掲げた報告集で毛利正守氏は留保しているが、これは前者の方が蓋然性が高い。というのは、第一句「はるくさの」の連体助詞「の」の位置に「乃」があてられているので、「之」はそれに対する「変《か》え字」であると説明できる。七〜八世紀を通じて、文脈上近いところに同じ語句が出てきた場合、それにあてる漢字を必ず変える規則が行われていた（高木市之助「変字法《かへじ》に就て」『吉野の鮎』岩波書店1941）。たとえば「意岐《おき》」と「淤岐《おき》」のように万葉仮名の字体を変える場合もあるが、「久加祢《くがね》」のように万葉仮名で書くのと「金」のように漢字の訓よみで書くのとによる場合もあり、この例はそれにあてはまる。「之」は漢文で語の間に入れてつながりをあらわす意味用法があり、ここではそのうち連体関係にあたるところに使われたと理解すれば良い。

後の時代には「之」で助詞「の」を書きあらわす慣習が成り立つので、その目で見て、この時代にその用例があったのか、七世紀中頃にしては早すぎないかと疑問視する向きもあろうが、そうではない。前後に漢字の音よみを借りた万葉仮名が並ぶなかでこの字だけを訓よみすることになるが、それも支障にならない。これが七世紀の、そして出土資料上の、一字一音式表記の特徴である。音よみを借りた万葉仮名と訓よみを借りた万葉仮名、さらには漢字の訓よみによる用法とが同居するのはふつうのことであった。たとえば先にあげた藤原京左京七条一坊出土の「難波津の歌」にも訓よみの万葉仮名「真」と「マ」が使われている。そして、平城京第一次大極殿西側出土の「難波津の歌」は、後に第四章の1．に全文を示す

郵便はがき

料金受取人払郵便

神田局承認

3731

差出有効期間
平成21年6月
30日まで

101-8791

504

東京都千代田区猿楽町2-2-5

笠間書院 行

■ 注文書 ■

◎お近くに書店がない場合はこのハガキをご利用下さい。送料380円にてお送りいたします。

書名　　　　　　　　　　　　冊数

書名　　　　　　　　　　　　冊数

書名　　　　　　　　　　　　冊数

お名前

ご住所　〒

お電話

ご愛読ありがとうございます

これからのより良い本作りのために役立たせていただきたいと思います。
ご感想・ご希望などお聞かせ下さい。

この本の書名 ______________________________

....

....

....

....

....

....

本読者はがきでいただいたご感想は、お名前をのぞき新聞広告や帯などで
ご紹介させていただくことがあります。何卒ご了承ください。

■本書を何でお知りになりましたか（複数回答可）

1. 書店で見て　2. 広告を見て（媒体名　　　　　　　　　　　　）
3. 雑誌で見て（媒体名　　　　　　　　　　　　）
4. インターネットで見て（サイト名　　　　　　　　　　）
5. 小社目録等で見て　6. 知人から聞いて　7. その他（　　　　　　　　　　　　）

■小社 PR 誌『リポート笠間』（年1回刊・無料）をお送りしますか。

はい　・　いいえ

◎はいとお答えいただいた方のみご記入下さい。

お名前

....

ご住所　〒

....

お電話

ご提供いただいた情報は、個人情報を含まない統計的な資料を作成するためにのみ利用させていただきます。また『リポート笠間』ご希望の場合は、個人情報はその目的（その他の新刊案内も含む）以外では利用いたしません。

が［↓097ページと図⑨］、「春」と書いて訓でよむ箇所がある。先にふれた観音寺遺跡の「難波津の歌」木簡にも訓よみの万葉仮名「矢」が使われている。

毛利氏は筆者の旧稿を引用して、訓よみを借りた万葉仮名と漢字の意味通りに訓よみする用法との区別を厳密視し、それを留保の一つの理由にしている。しかし筆者は、その後、右のような七世紀の実態を観察するにつけ、その区別もあいまいなところがあったと考えるに至っている。『万葉集』の一字一音式表記は、先にあげた七九三番歌のように、ほとんど漢字の音よみを借りた音仮名だけを使っている。漢字の訓よみを借りた訓仮名は漢字の意味通りに訓よみで使う用法とだけ同居する傾向がある。その整然とした用法にとらわれてものを考えると真実を見失う。むしろ、『万葉集』の外の世界ではこのような交用が行われていたからこそ、時を経て現代の漢字仮名交じり表記が存在するのである。

なお、この「之」を万葉仮名としてシとよむと意味解釈が困難になる。たとえば助動詞によもうとすると「春草」が主語でなくてはならなくなる。それだけでなく、万葉仮名の時代的な変化から見ても、シにあてた字体は、先にも述べたように「斯」→「志」→「之」の順で交替する。シの万葉仮名としての「之」の用例は、七世紀末の石神遺跡出土の木簡にみられるが、七世紀中頃にはふさわしくない。

次の「刀斯」は今のところ解釈が困難である。「年」に解釈しようとすると、そのトは上

図④◀観音寺遺跡木簡・『徳島県埋蔵文化財センター調査報告書第40集観音寺遺跡Ⅰ（観音寺木簡篇）』、二〇〇二、六二頁より引用

代特殊仮名遣いで乙類なので七世紀なら「止」があてられていなくてはならない。「刀」は上代特殊仮名遣いで甲類のトをあらわすが、その「とし」または「とじ」に相当する適当な語が比定できない。形容詞の「利し」や女性の「刀自」などでは文意がつながらない。毛利氏は「年」と解釈して上代特殊仮名遣いの区別の崩壊を想定するが、にわかに賛成できない。一般論として、木簡などの出土物に書かれた万葉仮名は上代特殊仮名遣いの区別がずさんなところがある。たとえば、先にふれた徳島県観音寺遺跡から出土した木簡に「椿」の訓が「ツ婆木」と書かれている（上図④）。この「木」は意味解釈を含んだ表記形態であろうが、上代特殊仮名遣いでは「木」は乙類のキにあたる。「つばき」のキは『日本書紀』の歌謡や『万葉集』では甲類の万葉仮名で書かれているから、これは甲類と乙類の違例になる。書かれた時期は七世紀末から八世紀の前半である。

しかし、この難波宮の「歌木簡」は七世紀中頃のものである。上代特殊仮名遣いの区別は八世紀を通じて次第に失なわれた。記紀万葉に即してみるかぎり、その順序は一定している。議論の定まらないオ、ホ、ヲを除いて、はじめにモ、次にト、続いてソ、ノ、ヨ、ロ、最後にコであった（馬渕和夫『国語音韻論』笠間書院1971）。八世紀初頭の『古事記』で上代特殊仮名遣いのモの甲乙の区別が保たれており、トの甲乙も動詞「取る」に限って混同があるが他の語には区別がある。半世紀以上前のこの木簡ではトの甲乙の区別が保たれている状態を期待するのが自然である。先に掲げた報告集で毛利氏は、オ段音の上代特殊仮名遣いの混同例を丁寧に示しているが、氏の挙例はすべて八世紀のものなので、証明として十全でない。七世紀のものでトの甲乙の区別が疑われる例は今のところこの木簡だけなのだから、まだ結論を留保しておいた方が良い。

時代的な問題だけでない。この木簡は、この後に述べるように、公的な性格を帯びている。公式性が高い文献であるほど上代特殊仮名遣いも正確に行われるのが自然であろう。今は「刀斯」の解釈は不明として、七世紀以前の万葉仮名資料がもっと出てくるのを待とう。おそらく、オ段音の上代特殊仮名遣いの本質そのものについて、今まで考えられていたのとは別の見方が必要になるだろう。すでに筆者はその見解の一端を前著『木簡による日本語書記史』第六章で述べている。毛利氏は、そこまで考えた上で「刀斯」を「年」と解釈しているのか否か。

最後に、万葉仮名列の最後に□で示しているのは、字が書かれているがよめないことをあらわす約束事である。こうして、書かれている文字のすべてを解釈することはできないが、「はるくさのはじめ」という語句からみて、何かの祝いの「歌」だろうと容易に想像がつく。

●この木簡の用途は何だったのか

それではこの木簡の用途は何だったのか。様式について述べたところでふれたとおり、入念に整えられた長い材に、丁寧な字で、片面一行に書かれていたとすると、人に見られることを意識して書いたのであろう。想像をたくましくすれば、歌を朗唱するときにかざしたのかもしれない。郡符《ぐんぷ》木簡と呼ばれるものがある。郡の役所から命令する下達文書であるが、「歌木簡」と同じように大型である。平川南《ひらかわみなみ》氏は、大きいことが「在地社会における権威の象徴としての意義をもつ」と指摘している（「古代地方社会と文字」『美夫君志』第六十九號２００４・11）。過所《かしょ》木簡と呼ばれるものも大型である。通行手形の役割をしていた木簡で、旅行者と保証人の名が書かれているが、警備担当者に見せるだけなら小型でも用が足りたはずであるから、これも権威付けを意識したと考えて良い。かかげて歩いたのかもしれない。同様に、「歌木簡」は、歌詞を権威付けて人に見せたのであろう。かざして唱和を求めたのかもしれない。

そのようなことが行われた場は、典礼の席だったに違いない。この難波宮の木簡は、先にふれた木簡学会研究集会における藤田幸夫氏の報告によると、造営時の整地層と、谷を埋め立てた層との間の、堆積層から出土した。難波宮は谷を埋め立てて大規模な盛土で整地した上に造営されたが、そのなかのある地域の地盤造成が終わって建設が始まるまでの間、しばらく湿地だった時期のものということになる。その時期は、同じ層から出土した土器の様式を根拠にして、孝徳天皇の白雉三（六五二）年以前とされた。土器を根拠とする時期のしぼり込みには異論も唱えられているが、七世紀中頃の範囲はまず動かない。そして、「前期難波宮整地層下からウシやウマの骨が大量に出土しており、難波宮造営時に何らかの儀礼が行われたことが推測されている」由である。それらの儀礼のなかの一つのために用意されたと考えて良い。また想像をたくましくすれば、造成工事の終了か建設工事の開始にかかわる何らかの儀式で典礼の一環としてうたわれたのかもしれない。栄原氏は筆者の説を取り入れて、「歌木簡」は典礼の席に持参したものだと解釈している。持参してどうしたかと言えば、歌句を見せながら朗唱したのであろう。歌句が一字一音式に書かれたのは口頭でうたうためであったと考えるのが自然である。そのとき、後の第三章の2．に述べるように、器楽の伴奏が付いたはずである［→079ページ］。舞が伴うときもあっただろう。

栄原氏は、「歌木簡」が出土する頻度から考えて役所の幹部クラスの仕業だったと推定している。産経新聞の記事によれば「筆運びがしっかりしており、普段から文字を書き慣れた人」であり、朝日新聞（大阪版）の記事によれば「文章を書き慣れた役人がさらさらと書いたのだろう。前期難波宮の造営直前、飛鳥の都から派遣され、造営にかかわった人物の一人ではないか」となる。氏の推測が正しいとすると、都の造営にかかわる何かの部門の代表者が祝いの歌を書いて持参したことになる。実際にうたったのは本人でなくても良い。まず持参した本人がよみあげ、それを受けて専門家がメロディーをつけて朗唱する次第も想像できる。うたうことの上手な役人が美声を披露したのだろう。柿本人麻呂も、後の第三章の2．で述べるとおり［→083ページ］、ふだんは事務職員であり、典礼のとき「歌」をつくりうたう技能によって招集されて参加したと筆者は考えている。

また栄原氏は、日本語の韻文を書いた木簡を分類して、典礼のために作成された「歌木簡」と習書・落書きの類とに分け、木簡の再利用の際にも歌句が書かれたことを認めている。さらに、「歌木簡」にもformal度の高い典礼向けと少し低い典礼向けのものとがあった可能性を認めている。筆者は、「難波津の歌」はこれから述べていくように間違いなく典礼のための「歌」であったと思うが、公的な典礼のほかに近親者や友人関係の集まる席で「歌」がつくられうたわれることもあり、さらに、全く私的な目的の「歌」あるいは「うた」の水準のものもあり、それらが木簡などに書かれるときがあったと考える。「難波津の歌」以外の日本語の韻文を書いた木簡の多くはそれではないかと思う。そのような事情なら、つくられる機会が多かったことになるが、残っている数が少ない。残っている数が少ないことを根拠にして、栄原氏は、「歌木簡」がつくられる機会は多くなく、つくったのは役所の幹部クラスであったと考える。この点で筆者の見解とは対立する。残らなかった理由を筆者は以下のように考えている。典礼向けのものは、使った後に材が再利用されて歌句が残らなかった。典礼の内容によっては、跡を残さないように心して廃棄された。個人的な目的のものは、本来、他人の目にさらすものではなかった。個人的な目的で「歌」がつくられたことについては、後の第六〜八章に詳しく述べる。

第二章

紫香楽宮跡から出土した「両面歌木簡」

1. 表裏に「難波津の歌」「安積山の歌」が書かれた木簡

一九九七年に行われた滋賀県信楽町宮町遺跡の発掘調査で出土した木簡のなかに「難波津の歌」を一字一音式に書いたものがあった（木簡学会『木簡研究』第二二号一一〇頁）。同時に出土した木簡に記年のあるものはすべて天平一五（七四三）年または翌年である。そのころに書かれたものということになる。宮町遺跡は天平一四（七四二）年に造成された紫香楽宮跡に比定されている（『よみがえらそう紫香楽宮』甲賀市教育委員会２００７・11）。

二〇〇八年三月に筆者も参加して行われた再調査の結果、本文は「奈迩波ツ尓□□夜己能波□□由己□」と釈読された。以下本書冒頭の口絵を参照しながらお読みいただきたい。不明の位置のうち七字目は「久」、十六字目は「母」かとされる。二字目の「迩」と「この」の「の」にあたる位置の「能」は、木簡に使われた万葉仮名としては注目に価する。「迩」は『古事記』の歌謡に特徴的に使われているほか、『日本書紀』『万葉集』にも少数の用例がある。藤原宮木簡の付け札に「宇迩《うに》」の用例（木簡学会『日本古代木簡選』岩波書店１９９０の木簡番号76）

があるが、木簡に使われるのはめずらしい。「能」もノ乙類の万葉仮名としてはめずらしくないが、木簡ではふつう「乃」が使われる。この木簡は、残っている材の長さと書かれた字の大きさから推測して栄原氏の言う「歌木簡」の規格に合う。典礼の席に持参することを意識して、ややよそ行きの万葉仮名を使って書かれたのであろうか。四字目の略体の万葉仮名「ツ」は日常ふだんの様相を示すので、「迩」「能」との同居が疑問に思われるかもしれないが、この位置に「ツ」をあてることは「難波津の歌」を書いた多くの木簡に共通している。その理由については第四章［→105ページ］で述べる。他にとくに驚くべき点はない。

●「あさかやまの歌」木簡の発見

ところが、この木簡の裏面にも「歌」らしきものが書かれていることが二〇〇七年一二月に判明した。二〇〇八年五月二十三日の新聞報道で公表されたとおり、「難波津の歌」面を薄く剥いで書かれたようにみえる。二〇〇八年三月に筆者も参加して行われた再調査の結果、本文は「阿《あ》佐《さ》可《か》夜《や》…流《る》夜《や》真《ま》…」と釈読された。一字一音式表記である。

この「あさかや…るやま…」は『万葉集』に巻十六の三八〇七番歌として収録されている「安積山影さへ見ゆる山の井の浅き心を我が思はなくに」の歌句と一致する可能性がある。「夜」のあと「流」の前までは七字分程度に見える。判別できない部分が「まかげさへみゆ」にあたる一字一音式の万葉仮名であるとして矛盾が生じない。そうであるなら、以下のような意

紫香楽宮跡

木簡に万葉歌

編纂前に墨書か

「難波津の歌」裏返すと「安積山の歌」

奈良時代に聖武天皇が造営した紫香楽宮《しがらきのみや》（742～745年）があった滋賀県甲賀市の宮町遺跡で出土した木簡に、万葉集㊀に収められた和歌が記されていることがわかり、22日、市教委が発表した。万葉歌が書かれた木簡が見つかったのは初めて。平安時代の古今和歌集の仮名序で、紀貫之が「歌の父母《ちちはは》」と記した「安積《あさか》（香）山《やま》の歌」の一部で、片面には対となる「難波津《なにわづ》の歌」が記されていた。万葉集が編纂《へんさん》されたのとほぼ同時期にあたり、日本最古の歌集の成立を考えるうえで極めて重要な発見となる。

〈解説㊁2面、関連記事15・29面〉

㊀万葉集　7～8世紀に編纂された現存するわが国最古の歌集。全20巻で、天皇や庶民ら幅広い階層の約4500首を収める。恋や自然などを素朴に表現した作風が特徴。原本は残っておらず、平安時代以降の写本や注釈本が伝わる。

万葉集巻16に収められた「安積香山影さへ見ゆる山の井の浅き心を我が思はなくに」のうち、1字で1音を表す万葉仮名で「阿佐可夜《あさかや》」と「流夜真《るやま》」の7文字が墨書されているのが判読できた。歌の大意は「（福島県の）安積山の影まで映す山の泉ほど、私の心は浅くありません」。陸奥国に派遣された葛城王《かつらぎ》が国司の接待が悪くて立腹、かつて采女だった女性が詠んで、王が機嫌を直したという注がある。

木簡は長さ7・9センチと14センチの二つに割れており、いずれも幅2・2センチ、厚さ1ミリ。本来の長さは約60センチと推定でき、儀式や宴会で詠み上げるのに使った「歌木簡」とみられる。宮殿中枢部の西約220～230メートルの大溝から1997年度の調査で出土。744年末～745年初めに廃棄されたらしい。昨年12月から栄原《さかえはら》永遠男《とわお》・大阪市立大教授（古代史）らが「難波津の歌」が書かれた木簡を再調査し、その裏側で確認した。

万葉集は745年以降の数年間に15巻と付録が成立し、巻16は付録を増補して独立させたとする説が有力。今回の木簡は、万葉集完成前に書かれた可能性が強く、市教委は「この歌が当時広く流布しており、収録したのだろう」としている。

「難波津の歌」は「難波津に咲くやこの花冬ごもり今は春べと咲くやこの花」で、仁徳天皇の即位を祝った歌とされる。万葉集には収録されていないが、木簡や土器に書かれた三十数例が出土している。古今集仮名序は二つの歌を最初に習う歌と紹介、今回の発見で、2首を1対とする伝統が、仮名序を160年さかのぼる奈良時代から続いていたことが明らかになった。

▲読売新聞、2008年5月23日（金曜日）報道記事。

義をもつ画期的な発見である。

●『万葉集』の和歌と同じ歌句が書かれている

まず第一に、これまで、出土物上に書かれた日本語の韻文のなかに『万葉集』に収録されている和歌と一致するものは発見されていなかった。そのため、『万葉集』の和歌たちは、厳密に言えば、写本の上の存在でしかなかった。上代文学の代表と言いながら、八世紀に『万葉集』が実在したことはまだ確証を得たとは言えない。後に述べるように『古今和歌集』の選者たちは『万葉集』を読んでいる。何らかの「『万葉集』」が九世紀以前に存在したことはまず間違いないが、それを証明する物的証拠は何もなかった。後の第四章の2．で実例を示すように、藤原宮跡から出土した木簡に書かれた枕詞「たたなづく」をはじめ〔↓109ページ〕、歌句が『万葉集』に使われたものと一致する出土資料はこれまでにもいくつかあった。正倉院文書の紙背に書かれた韻文にも『万葉集』に収録された和歌に似たものがある。しかし、一首全体が一致するとみなし得るものはなかったところ、この木簡が出現したのである。この木簡も、判読できる箇所以外の歌句が『万葉集』の「安積山の歌」と異なっている可能性を排除できないが、もし歌句が全く一致しないとしても、第一、二句が一致する可能性があるのだから、少なくとも類歌の一つである。類歌とは、歌句が部分的に異なるが、同一または同じ発想とみなすことのできるもののことである。もちろん歌句が全く一致する可能性もある。

以前に筆者は「我々の前には研究環境として出土資料上に書かれた「歌」のなかに『万葉集』所載の和歌とみなされるものは見つかっていないという重い条件が与えられている」と述べた（「「歌の文字化論争」について」『美夫君志』第七十號2005・3）が、ここに『万葉集』の和歌と同じ歌句を書いた出土資料が出現した。念のため繰り返すが、『万葉集』所載の和歌を書いたものではなく、それと同じ歌句を書いたものである。この木簡は『万葉集』の「安積山の歌」を書き写したものではない。ここに書かれた「あさかやまの歌」は、『万葉集』の「安積山の歌」と、いわば兄弟関係にあるとみなされる。あえて言えば木簡の「あさかやまの歌」の方が兄である。先に述べたとおり、この木簡は天平一五（七四三）年または翌年に書かれた。今のところ多くの研究者に支持されている考え方では、『万葉集』が巻十五まで一つの形をなしたのはその二、三年後、巻十六以降の成立はさらに二、三十年後である。この時間軸にそって、兄弟関係は次のように説明される。

●流動する歌句の一つの形が歌集、物語にとりあげられる

当時の日本語韻文の世界のなかで、『古事記』『日本書紀』の歌謡や『万葉集』の和歌たちは、どのような位置にあったか。七、八世紀の出土資料に依拠する限り、以下のように考えるのが合理的であろう。今まで、出土物上や正倉院文書に書かれた日本語の韻文には記紀の

歌謡や『万葉集』の和歌たちと一致するものがなかった。今回はじめてその可能性をもつものがあらわれたわけであるが、表記形態が相違する。そして、出土資料には、「難波津の歌」を除いて、同じ歌句を書いたものが複数存在しない。この事実は次のような事情を示す。「難波津の歌」以外の「歌」たちは、共通の語句や発想を素材として、その場その場でつくられうたわれていた。歌句は、うたわれる場に応じて流動し、一つの短歌なり長歌に相当する歌句は一つの場に即して適用されるものであった。同一の素材や発想にもとづく一つの「歌」と呼べるものがあっても、その歌句は必ずしも一定していなかった。記紀の歌謡や『万葉集』の和歌たちは、そのようにして流動しつつ伝えられていたある「歌」の一つの形を選抜し、歌句の表現と表記に精錬を加えて収録したものである。記紀の歌謡や『万葉集』の和歌のなかにも類歌がある。『万葉集』には「一云」「或本云」などとして類歌の歌句が明示されたもののもある。それらは、共通の素材や発想によってつくられた「歌」たちのうち、ある一つの歌句が、それぞれにある一つの文脈にあてはめて収録されたということになる。

「あさかやま…」の歌句がいつどのような事情でできたのかは、今のところ知るすべがない。誰かが情愛の「うた」を素材にして仕立てたものであろうとしか言えない。この紫香楽宮木簡の「あさかやまの歌」は、『万葉集』の「安積山の歌」と同じ素材と発想によってつくられうたわれていた「歌」たちのなかの、西暦七四〇年代の一つの形のあらわれである。

『万葉集』の「安積山の歌」は八世紀後半以後の別の形のあらわれである。よみあげると同じ歌句になったとしても、適用された場面は異なっていた。後に述べるとおり、木簡の「あさかやまの歌」は官人による「歌」学びに供され、『万葉集』の「安積山の歌」は葛城王《かづらきのおほきみ》と風流娘子《みやびのをとめ》の歌物語の素材になった。さらに、この歌句は百年後にも伝えられて悲劇の歌物語の素材になった。『大和物語』第百五十五段では、下二句を「浅くは人をおもふものかは」にとりかえ、男を待ち切れず自死した女の辞世に仕立てられている。『万葉集』をふまえたパロディーであろうか。

右の考え方の支えとなる事実をあげておこう。後の第七、八章で詳しく述べるが、京都の醍醐寺五重塔の天井に落書きされていた和歌たちの中に、平安時代の歌集に収録された和歌の歌句と一致するもの、似ているが部分的に異なるものがある。当時、寺の工事にあたった匠たちに、歌句が流動しながら流布していた和歌たちのうちの一つの形が知られていたのである。歌集の編纂は、そのような類歌たちから取材して行われたのであろう。同様に考えれば、『万葉集』に収録された「安積山の歌」は、歌句が流動しながら流布していた「歌」のうちの一つの形をとりあげて和歌に仕立てたものであり、この木簡に書かれた歌句もまた、その一つ形のあらわれであるということになる。

右のように手続きを踏んだ上で、この木簡の出現により、ただ一首ではあるが、八世紀に『万葉集』が編纂されたときの基盤になった資料とみなされる可能性をもつ物証がはじめて得られたと言える。言い換えると、今私たちがみる『万葉集』と同じであるとは限らないが、八世紀に「一つの『万葉集』」が実在したと確認できる端緒がはじめてひらかれたことになる。この先、研究に取り組む者は「砂上の楼閣」の想いをもたなくてすむようになるかもしれない。おそらく『万葉集』所載の和歌を書き写した木簡は今後も出土しないであろうが、『万葉集』の和歌と同じ歌句を書いたものは、一つ出てきたのだから、さらに出てくる可能性がある。出てくれば、それを利用して『万葉集』が今まで以上に正しく立体的にとらえられるようになる。作者名の書かれていない和歌たちの由来がわかることも期待される。

●『万葉集』とは異なる表記形態

第二に、この歌句が「安積山の歌」と同じであるなら、『万葉集』に収録されている和歌とは表記形態が異なる。『万葉集』では「安積香山影副所見山井之浅心乎吾念莫國」という典型的な訓字主体表記になっている。自立語の類は漢字の訓よみで書きあらわされ、付属語の類を文字化するときも助詞「さへ」に「副」の訓よみをあて、形容詞「なし」のク語法語尾に「國」の訓よみをあてているのである。先にふれた枕詞「たたなづく」も、藤原宮跡の木簡には「多々那都久」と書かれ、『万葉集』には「多田名附」(一九四番歌)などのように書かれている。

木簡上の表記形態と『万葉集』上の表記形態との関係は熟慮すべき問題である。それについての筆者の考え方は第六章に詳しく述べるが、ここで先触れしておけば、木簡のような様態が日常の姿であるのに対して、『万葉集』の様態は編纂時の洗練を経た「晴《はれ》」の姿である。「晴」の姿とは、具体的には、「あさか」の表記は「安積」で充分なところ、わざわざ「香」をおくって書いているようなことをさす。筆者は、さまざまな席で口頭でうたうためにつくられた「歌」たちのなかから、ある一つの歌句が『万葉集』に収録する和歌として選抜され、編纂時に目で読んで楽しむ訓字主体表記に書き改められた経緯を想定するわけであるが、口頭でうたう「歌」あるいは「うた」だったときの一字一音式表記の実例となる物証が出現したことになる。これは本書の趣旨にとって極めて重要である。今後は、一字一音式表記から訓字主体表記に書き改めるときの様子を示す木簡や削りくずの出土を期待して待とう。もし出てくるなら八世紀半ば以降のはずと筆者は予想する。

なお、『万葉集』に収録されている「安積山の歌」は、漢文の左注が付いて物語に仕立てられている。その内容は次のとおりである。言い伝えによると、葛城王が陸奥《みちのく》の国に派遣された時、国司の役人たちが非常にだらしなかったので、王は不快に思われて、怒りの表情をあらわにされ、飲食の饗応をしてもおさまらなかった。その時、以前に采女《うねめ》であった風流娘子が、左手に杯、右手に水を持ち、王の膝をうってこの歌を詠じた。すると王の怒りが解けたという。この葛城王が誰であるか確認できないが、諸注釈は天平八（七三六）年に橘諸兄《たちばなのもろえ》が改名する以前の名を有力候補としてあげる。

陸奥地方は七世紀に大和朝廷の版図に組み込まれていた。『日本書紀』にそれに関する記事があるし、宮城県の郡山《こおりやま》遺跡は七世紀半ばの評《こほり》の役所跡と推定されている（熊谷公男『歴史文化ライブラリー178　古代の蝦夷と城柵』吉川弘文館2004）。正倉院文書の一つに和銅元（七〇八）年に書かれた『陸奥国戸口損益帳《ここうそんえきちょう》』がある。これは大宝二（七〇二）年に編纂された戸籍の修正簿である。おびただしい死者と一家離散の様子が記録されている。陸奥地方には八世紀に入った頃から天変が続いていた。そして和銅元（七〇八）年以降、大和朝廷の陸奥経営は、「蝦夷《えみし》」の百姓化から、軍事行動を伴う関東地方からの移住へ方針を変えた。当然ながら現地では摩擦が生じる。郡山遺跡の遺構も八世紀に入ってからは城柵の性格が濃いという。八世紀はじめ、陸奥への赴任は官人として気の弾むことでなかったのは道理である。そうした情勢にかかわる言い伝えと、「あさかやま…」の歌句とを素材にして、『万葉集』の三八〇七番歌を核とする「物語」がつくられたという想定が成り立つ。そのときに、歌句は、贅をこらした訓字主体表記で書かれたのであろう。

●どのような事情で書かれ使われた木簡か

なお、この木簡がどのような事情で書かれ使われたものか、形状を手がかりに考えておこう。奈良文化財研究所の山本崇氏の指摘によれば、「難波津の歌」面は冒頭の「奈」の上半分が第二次以降の整形で切れているが、「あさかやまの歌」面は冒頭の「阿」が材におさまっている。これを重視すると「難波津の歌」面が先に書かれた可能性が大きい。新聞発表時の説明では、「難波津の歌」面の下端に余白があったことになる（口絵の復元木簡参照）ので「あさかやまの歌」面が先に書かれた可能性を指摘し、どちらが先か決め手に欠けるとされたが、典礼の席でかかげるなり立てかけて置くことを想定すれば下端に余白があって良い。また、この木簡の現状は厚さが一㎜程度と極めて薄い。典礼用に風でひらひらするような「歌木簡」を用意して「難波津の歌」を書いたとは考え難い。紙のように薄い木簡については、その機能も紙に関係付けて解釈する方向で、今、研究がすすみつつある。また、一枚の両面に日本語の韻文が書かれた木簡は今までにも出土している。先に第一章でふれた秋田城跡のものであるが、材の厚さは通常である。秋田城跡のものは表裏が別筆で字の大きさも異なる。この木簡の表裏は字の大きさがほぼ同じである。筆跡は同筆か別筆か確定できないが、「難波津の歌」面が字を長方形に書くのに対して「あさかやまの歌」面は右上がりの丸みを帯びた筆跡なので、筆者はどちらかと言えば別筆の判断に傾いている。同一人が書体を変えた可能性もある。

これらの徴証から筆者は次のように想像する。「難波津の歌」面が典礼用の「歌木簡」として書かれ使われたのち、それを剥いだ材に、「難波津の歌」面の字配りに沿って「あさかやまの歌」面を習書したのではないか。祝祭用に作成された木簡を「歌」の学習に再利用したということになる。この考え方は、次に述べる第三の意義と連動している。「難波津の歌」は、典礼の場でうたう「歌」として誰もが心得ているべきものであり、「歌」の学習においてまず最初に学ぶべきものであった。「安積山の歌」は、その次の段階で歌句の言葉遣いの工夫を学ぶ教材として利用されたものであった。

●「歌」の作法の手本

第三のこの木簡の重要性は、一枚の木簡の表裏に「難波津の歌」と「安積山の歌」らしきものが書かれていることである。この事実は、木簡に「歌」が書かれた事情そのものに関する新たな手がかりを供給する。この二つの「歌」を「歌」の作法を習得するための手本として使った事情が、すでに奈良時代に存在した可能性を示す徴証と筆者は解釈する。平安時代から中世まで行われていた和歌の手習いの源流が八世紀の中頃にあったと考える手がかりになるということである。節を改めて詳しく述べよう。なお、この節では厳密を期して『万葉集』の「安積山の歌」と紫香楽宮木簡の「あさかやまの歌」とを区別して記述したが、以下、論述が煩雑になるのを避けるために、それらを包括する「歌」を指して「安積山の歌」と呼ぶ。

2.「難波津の歌」「安積山の歌」は「歌」の手本だった

出土資料に書かれた日本語の韻文には「難波津の歌」が際立って多い。その理由は、この「歌」が、以下にみるような特別な性格をもっていたからである。そして、紫香楽宮の木簡に、それと対をなすようにして「安積山の歌」が書かれていたのも、その性格にかかわることである。筆者は、この木簡を、両「歌」を手本にして「歌」の学習が行われた徴証とみる。まず、「歌」の学習の手本ということについて詳しく論述しよう。

●『古今和歌集』仮名序の記述中の両歌

ここで述べようとする二つの「歌」の性格が『古今和歌集』仮名序の記述にあらわれている。仮名序は、まずはじめに和歌の本質論を述べ、次に和歌の成立史を述べている。成立史の後半に左の記述がある。写本によっては本文が部分的に割り注形式の小字二行書きになっている場合があるが、ここにはすべて同じ大きさの字で、適宜、句読点と濁点を施し、平仮名書きを漢字に改めて示す。

なにはづのうたは、みかどのおほむはじめなり。おほささきのみかど、なにはづにて、みことききこえけるとき、東宮をたがひにゆづりて、くらゐにつきたまはで三とせになりにければ、王仁といふ人のいぶかり思ひて、よみてたてまつりける歌なり。この花はむめの花をいふなるべし。あさか山のことばは、うねめのたはぶれよりよみて、かづらきのおほきみを陸奥へつかはしたりけるに、くにのつかさ、ことおろそかなりとて、まうけなどしたりけれど、すさまじかりければ、うねめなりける女の、かはらけとりて、よめるなり。これにぞおほきみのこころとけにける。このふたうたは、うたのちちははのやうにてぞ、てならふ人のはじめにもしける。

「難波津の歌」の歌句全文は、この後に続く和歌の技法六種の条に次のように書かれている。しかし、「ふたうた」のもう一首である「安積山の歌」は歌句が書かれていない。

そのむくさのひとつには、そへうた、おほささきのみかどをそへたてまつれるうた、なにはづにさくやこのはなふゆごもりいまははるべとさくやこのはな、といへるなるべし。

右に引用した文のはじめの「なにはづのうたは、みかどのおほむはじめなり」は、言葉を尽くした記述になっていないので、解釈に諸説ある。「難波津の歌」は朝廷のおはじめであると直訳されるが、仮名序にこれに続けて仁徳天皇の謙譲の徳を讃えて王仁《わに》がこの「歌」を詠んで奉ったという事情が書かれていることからみて、単に朝廷最初の歌と言っているのではない。天皇讃美の意味合いを読みとるべきであろう。佐伯梅友《さえきうめとも》氏（『日本古典文学大系8　古今和歌集』岩波書店1958）は「天皇のみ代の初めを祝った歌だという意味で言ったのであろう」と述べている。王仁は、プロローグに述べたとおり、応神天皇の治世に百済から派遣されて日本に『論語』と『千字文』をもたらしたと『古事記』『日本書紀』に書かれている人である。後に引用した条に言う和歌の技法六種の「そへうた」は漢詩の分類「六義《りくぎ》」の「風」にあたる。漢詩の「風」は、風が物を動かすように人の心を感化する意で、具体的には諸国の民謡をさす。次の章でふれる「楽府《がふ》」のように、民間に流布する歌謡に民意があらわれるという観念によるものである。「難波津の歌」が「そへうた」に分類されているのは、この「歌」も天皇を讃える民意をあらわしたものだということである。ただし、王仁が詠んだと明記されているので、民間から自然発生したとはみなされていない。こうして「みかどのおほむはじめなり」は「公的な天皇讃歌の最初のものである」という文意に解釈される。

なお、王仁の故事の後に「この花」は「梅の花」を言っていると書かれている。梅は輸入植物であるから、「難波津の歌」の素材が比較的に新しいと考えられる徴証になる。言い換えると、この「歌」は古来この歌句でうたわれてきた民謡ではなかったことになる。ただし、この文言は、もともと仮名序になかったものが転写の過程で本文に入った疑いがもたれているので、ここではこれ以上深入りしない。

それに続く記述の「あさか山」とは『万葉集』に収録されている「安積山影さへ見ゆる山の井の浅き心を我が思はなくに」のことであると一般に考えられている。歌句が示されていないので、その線からは確認できないが、「うねめのたはぶれより」以下、この和歌が「かわらけ（盃水）」の効き目とともなって陸奥へ赴いた葛城王の不興を和らげたという記事は、先に紹介した『万葉集』の「安積山の歌」の漢文左注と一致する。本書の最終章でもふたたびふれるが、『古今和歌集』の選者の一人であった紀貫之は、『万葉集』の当該歌と左注を読んで、この記述を行ったと考えて良い。

ここで「難波津の歌」が「なにはつのうた」と書かれているのに対して「あさかやまのこと」と区別して書かれていることに注意しておきたい。右にもふれたとおり、「安積山の歌」の歌句は『古今和歌集』の仮名序のなかに書かれていない。この一首そのものの習得は目的でなかったのである。仮名序では、「心あまりてことば足らず」のように、「ことば」という語が、言葉遣い、言語表現の意で用いられている。「安積山の歌」は言葉遣いを工夫するための手本だったのである。

●「てならふ」とは歌の書き方の習得だった

続いて「このふたうたは、うたのちちははのやうにてぞ、てならふひとのはじめにもしける」と書かれている。この記述をどう解釈するかが、この節の主旨になる。従来は、多くの研究者が「てならふ」に注目して「仮名文字の習得のためにまずこの二つの和歌を書く」と理解していた。しかし、歌集の序文の語句の解釈として文字の習得を想定するのはふさわしくない。この文の「…やうにてぞ…ける」の係り結びは、「歌の父母のやう」を「にて」で「はじめにもしけり」の動機とする文に、動機の部分を強調する表現を施したものである。文意の解釈は「手習いをする人が、まずはじめにこの二つの歌を習うのは、歌の父母のような存在だからだ」となる。文字の習得のために「難波津の歌」と「安積山の歌」を書いたというとらえ方では、韻文、それもとりわけてこの「歌」を素材にした理由が説明できない。手習いの対象を仮名の字そのものに限定するのは不自然であり、「歌」の書き方の習得をさすと解釈しなくてはならない。書き方の習得は、ひいては、詠み方の習得であろう。

実はこの解釈は筆者の創案ではない。吉沢義則氏（「王朝時代の手習に就て」『国語国文の研究』岩波書店1927）のあとを追うものである。吉沢氏は、平安時代の習字が「一、国語を写すに必要な仮名の字形と運筆とを一字一字に習得する」「二、次に歌を写し文を草するための文字のつづけざまを習得する」という二段階に行われ、その手本にも二種があって「一の目的に応ずるには、国語を写すに必要な仮名の全部を包含していなければならぬ筈で、天地《あめつち》の詞《ことば》いろは歌などがあり、二の目的に応ずるには、難波津浅香山の歌古今集萬葉集朗詠集等があった」と推測し、三條西實隆《さんじょうにしさねたか》の日記の明応七（一四九八）年三月二十日に「難波津浅香山歌」が「源氏物語詞」とともに「手本」と称されていることを指摘している。そして、『古今和歌集』仮名序の記述については「此の歌は文字を教えるものといふよりは、歌の書き方を示すものと見る方が、妥当」と述べている。

およそ文字というものは、個々の字をおぼえただけでは用をなさない。字を並べて語を書き文を書く規則を習得して、言い換えると、綴り方を習得して、はじめて言語を書きあらわすことができる。吉沢氏の「二の目的」をたてる考え方は、文字の本質を正しく把握している。「難波津の歌」が書き写された目的を漠然と仮名の習得と考えている人は、吉沢氏の言う一の目的と二の目的が区別できているか否か、ふりかえってみてほしい。

●「書き方」は「詠み方」につながる

ただし吉沢氏と筆者の考え方は全く同じではない。違いは「歌の書き方」は「歌の詠み方」につながると考える点にある。つづけ書きは美術的な目的だけでなく歌意の表現にかかわってなされたはずである。平安時代の物語・日記において「て（筆跡）」に関する批評が和歌のできばえをさすことがあるのは、この事情の反映である。およそ仮名のような表音文字は、語や文と文字列との対応、言い換えると文字列の句切り方が重要である。藤原定家《ふぢはらのさだいへ》（一一六二〜一二四一）の『下官集《げかん》』は定家仮名遣《ていかかなづか》いだけに注目して扱われがちであるが、その真の目的は仮名で日本語の韻文・散文を書く作法を説くところにある。仮名遣いを述べた部分の後に「仮名字かきつづくる事」「書詞事」の条があり、それぞれ「としのうちには　るはきにけりひ　ととせをこそとや　い　はむことし（空白の位置は写本により異なるので原本で切れ目がどこに入れられていたかは不明）」のようなつづけ書きをしたり、「さくらちるこのしたかぜはさむから」で改行したりすると、「よみときかたし」と述べている。このように、つづけ書きは文意解釈の裏付けを必要とするから、その習得は読解とともなって行われたはずである。その点、本書の第六、七章でとりあげて詳しく分析する醍醐寺五重塔の落書きの和歌たちは、つづけ書きの作法をふまえて書かれていない。

筆者が「歌の詠み方」の習得と考える主な根拠は『源氏物語』若紫巻の記述である。吉沢氏も当然この記述に言及しているが、詳しい分析は述べていない。場面は、幼少の紫の上にあてて源氏から後見を申し入れる「御ふみ」が来たのに対して、保護者である尼上がかわって返事を書くところである。

その一節に「まだ難波津をだにはかばかしう続け侍らざめれば」という語句がある。「続け侍らず」とは、一首を複数の行に整えて書くつづけ書きの作法をまだ習得できていないことを指す。その習得の素材に「難波津の歌」が用いられていたのである。尼上は、紫の上は幼くて返歌を作法通りに書くこともできないという口実によって、申し入れをやんわりと拒絶している。書けないとは、詠めないこと、つまりは成人としての交際ができないということである。この返事をみて、源氏はあきらめず、「かの御放ち書きなむ、なほ見たまへまほしき」と書いた「御ふみ」を送る。一字一字を順に書いたたどたどしい筆跡でも良いから見たいというのである。その「御ふみ」に源氏が書き添えた和歌は「あさか山あさくも人を思はぬになど山の井のかけはなるらむ」であり、あきらかに「安積山の歌」をふまえて詠まれている。気持ちが通じないことを嘆くのが直接の歌意であるが、女性として返歌を詠むことができる作法を早く身に付けてほしいと源氏の期待が込められているのであろう。三角洋一氏（「歌まなびと歌物語」『王朝物語の展開』若草書房２０００）は、王朝中期の歌まなびの成長段階を『風姿《ふうし》花伝《かでん》』の能を学ぶ階梯《かいてい》になぞらえて想定し、若紫巻当時における紫の上の年齢十歳を「歌に耳ならす幼少期を経ると、次には手習いをとおして歌に親しむ初学期を迎える。これが七歳前後から一一、二歳のころ」に区分している。氏は『源氏物語』の初音《はつね》巻における八歳の明石の姫君と須磨巻における八歳の春宮の作歌に関する批評を取り上げて、この年齢期の詠歌にはたどたどしさが残ると述べている。紫の上は、その次の「一二、三歳からは（中略）いよいよ歌に取組む段階」へすすもうとする年齢にあたるのである。

右にみたとおり、平安時代の貴族層の子どもたちが詠歌の作法を学習するとき、まず「難波津の歌」を書いて習い、人と人の心を通わせる表現を「安積山の歌」を手本として学んでいた事情を、この記述は示唆している。『古今和歌集』の仮名序に書かれたそのままである。先に「うた」と「ことば」の違いに注意したように、「難波津の歌」は全文の書き方の手本であったのに対して、「安積山の歌」は歌句の表現、なかでも人と人との心の機微を工夫する手本であった。「うたのはは」と称せられるゆえんである。『古今和歌集』仮名序に後者の全文が掲載されていないのも、その事情によると理解できる。

なお念のために述べておく。周知のとおり『源氏物語』の世界は当時にあって数十年前の社会の出来事に仮託して描かれている。この一節も昔の風習を書いたと疑われるかもしれないが、『宇津保物語』『大鏡』などにも言及があり、治暦二（一〇六六）年頃の成立と言われる『明衡往来《めいこうおうらい》』や『太平記』にも、和歌の作法をさして「難波津の道」と書かれ、そして室町時代に至っても先にあげた三條西實隆の日記の記述があるところをみると、執筆当時に日常のことであったと考えて良い。

●うたのちち「難波津の歌」うたのはは「安積山の歌」

仮名序の文言にもどろう。「てならふひとのはじめにもしける」とある「ける」は、『古今和歌集』の選者たちの認識をあらわす。この助動詞は、過去に行われたことの伝聞回想ではなく、古代から当時まで続いている事態の再確認をあらわしていると解釈すべきである。手習いの習慣が昔行われていたのでなく、今に至るまで行われているというのである。それは、後に第四章の1．であげる富山県東《ひがし》木《き》津《づ》遺跡出土木簡によって、物的にも裏付けられる。『古今和歌集』成立時と同時代の木簡に「難波津の歌」が書かれているのである〔↓100ページ〕。これも後にあげる富山県射水《いみず》市《し》赤田《あかんだ》Ⅰ遺跡出土の墨書土器も、同じ徴証とみなされる可能性がある。先にみた『源氏物語』の記述のように、「難波津の歌」による和歌の作法の学習は平安時代を通して行われたらしい。貴族社会において和歌は意思と感情を疎通するためにさまざまな場面で用いられた媒体であり、言うなれば和歌の作法を身につけないと大人としての付き合いができなかった。その学習は、まず「難波津の歌」、次いで「安積山の歌」からはじめたのである。

今回宮町《みやまち》遺跡から出土した木簡が「安積山の歌」を書いたものであるとすれば、この「歌」が奈良時代に存在したことを示すはじめての徴証である。しかも、単独で書かれず、「難波津の歌」と表裏をなしていることから、八世紀の中頃すでに、両「歌」を手本とする学習がはじまっていた可能性が認められる。前にも述べたが、この木簡に「安積山の歌」が書かれたのは「歌」の作法の学習に関する営みを示すと筆者は理解する。「安積山の歌」の歌句は、特定の事件に限ることなく、人の心を慰め心を通い合わせる表現に適用できる。「あさか山」

も陸奥の「安積山」でなくて良い。同じ歌句が『万葉集』には「葛城王と風流娘子の物語」の和歌として収録され、表記形態に装いを凝らされた事情については、先におおよそを述べた。若紫巻で源氏が詠んだ一首は、仮名序に言う「ことば」の工夫の一例ということになる。また、別の工夫が『大和物語』の例ということになる。

これに対して「難波津の歌」は出土物上に頻繁に出てくる。それは、この「歌」が汎用性の高い典礼歌であると同時に、「歌」の学習の手本として初発のものだったからである。「うたのちち」と称せられることは、日本に『千字文』を将来した王仁の作という伝承と無関係であるまい。念のため述べておけば、応神朝にはまだ『千字文』はできていない。この伝承は日本の朝廷の姿勢を示す説話である。次の章に述べるように、和歌の源流は日本律令体制の文化政策にあり、まず「歌」をつくり書くことが官人の必須の教養のみならず職務の一環となった。その習得は、まず「難波津の歌」からはじめたのである。「安積山の歌」は後発であった。今後の資料の出現を待たなくてはならないが、おそらく八世紀に入ってからつくられたのではないか。なぜ「うたのはは」たり得たのかは後考を待つほかないが、次のようには言える。第六章以下に述べるように、八世紀には「歌」の個人的な一面が「うた」の性格を受け継ぎながら和歌に発展した。『古今和歌集』仮名序の認識は、典礼向けの「難波津の歌」たちに、個人向けの「安積山の歌」たちが追いつき並んでからのもの、ということになる。しかしなお、仮名序においても、先にみたとおり、「このふたうた」と並び称しながら「難波津の歌」の方が「安積山の歌」より扱いが大きいのである。

第三章
典礼の席でうたう「歌」

1．律令官人は職務として「歌」をつくり書いた

前章のおわりに「歌」をつくり書くことが官人の職務の一環であったと述べた。それは次のことをさしている。中国においては、詩をつくり書くことが人士の必須のたしなみであった。また民間に流布する歌謡は民の声とみなされた。『古今和歌集』の仮名序の「そへうた」に関して述べたところでふれた「風」である。これを収集管理する役所として漢代に楽府《がふ》が設置された。律令日本においては、中国の詩歌にあたるものが「歌」であり、それを取り扱う役所が設けられていた。

『日本書紀』巻三の神武東征の一節に「うだの高城《たかき》にしぎわな張る…」という歌句の歌謡があり「来目歌《くめうた》」と呼ばれている。歌謡の後に次の記事がある。八世紀前半の日本に「楽府」が設けられ、そこで日本語の「歌」が演奏されていたことになる（植松茂《うえまつしげる》『古代歌謡演出論』明治書院１９８８）が、この「楽府」は漢詩を管理する役所ではあり得ない。日本語の「歌」を取り扱う役所をさして、漢語の意訳で書かれた可能性が大きい。あるいは、後の節に述べる

ように、雅楽寮の職員には日本在来の歌舞の担当者が含まれていたから、雅楽寮そのものをさしているのかもしれない。

是謂来目歌。今楽府奏此歌者、猶有手量大小、及音声巨細、此古之遺式也。

その演奏は、「古之遺式」とあることからみて、日本古来の様式に則って行われていた。七世紀、日本における律令体制の文化政策を推進するにあたり、その一環に在来の「歌」が位置付けられていたのである。諸々の典礼に「歌」が組み込まれており、その席でうたわれた汎用の「歌」が「難波津の歌」だったのであろう。そして、そのための作法を身に付ける手本としてはじめに習得したのも「難波津の歌」だった。出土物上に書かれたものがしきりにあらわれるのはこの事情を示すと考えることができる。

●「歌」が公のものとして朝廷に位置付いていた

天皇を中心とする典礼ないし祝宴の席で「歌」がつくられたことは、平安時代の史書には明瞭な記録がある。たとえば左は桓武天皇の行幸狩猟後の宴席における事跡である。天皇のうたった「けさのあさけ鳴くちふ鹿のその声を聞かずはいかし夜はふけぬとも」に鹿が唱和したことが、天皇を称える趣向になっている。

延暦十七年八月庚寅、遊猟於北野、便御伊予親王山荘、飲酒高会、于時日暮、天皇歌曰、
気佐能阿狭気、奈久知布之賀農、曽乃己恵遠、岐嘉受波伊賀之、与波布気奴止毛、登時鹿鳴、
上欣然、令群臣和之、冒夜乃帰

この記事は『類聚国史《るいじゅこくし》』巻三十二帝王部十二にある。同巻は天皇・太上天皇の巡幸、狩猟、遊宴の記事を特集した内容であるが、その中には天皇や臣下が「歌」をつくったことを述べた記事が頻出する。それらの記事のうち奈良時代以前の部分は『日本書紀』から引用されている。巻三十二の冒頭に記述されているのは左の景行天皇の事跡であるが、これも日向への行幸のときの御詠「はしけやし我家《わがへ》の方ゆ雲井《くもゐ》立ち来《く》も」をとりあげている。「京都を憶ふ」という作歌事情から「思邦歌《くにしのひ》」と呼ばれるものである。念のために述べておくと、『日本書紀』で「はしけやしわがへ」とあるところが左の記事では波線で示したように「はしきよしわぎへ」となっているが、上代に、この枕詞は「はしけやし」「はしきやし」「はしきよし」三つの形が存在する。「わがへ」「わぎへ」も両形が存在する。

景行天皇十七年春三月戊戌朔己酉、幸子湯縣、遊于丹裳小野、時東望之、謂左右曰、
是國也、直向於日出方、故號其國曰日向也、是日、陟野中大石、憶京都而歌之曰、波辭

枳豫辭、和藝幣能伽多由、區毛位多知區暮…

こうした『類聚国史』巻三十二の編纂態度は、左の紀淑望《きのよしもち》による『古今和歌集』真名序冒頭の記述と一致する。それが平安時代前期の為政者層の一般的な認識だったのだろう。行幸などの際には、天皇を中心とする席で、良き折りにふれ美しい景にふれて和歌を詠む慣行があった。そして、天皇は、臣下が献上した歌句によって人心を知ったのであった。

古天子、毎良辰美景、詔侍臣、預宴莚者献和歌、君臣之情、由斯可見、賢愚之性、於是相分、所以随民之欲、士之才也。自大津皇子之、初作詩賦、詞人才子、慕風継塵、移彼漢家之字、化日域之俗、民業一改、和歌漸衰。然猶有先師柿本大夫者、高振神妙之思、独歩古今間、有山邊赤人者、並和歌仙也、其余業和歌者、綿々不絶…

奈良時代に書かれた『古事記』『日本書紀』『続日本紀』には、このような趣旨を直接に述べた記事はない。それゆえ、『類聚国史』や『古今和歌集』真名序の記事は平安時代の考え方による奈良時代以前のことがらの解釈かもしれないと疑われる。部分的に平安時代人による解釈が含まれているのは確実である。この『古今和歌集』真名序の記述後半の「自大津皇子之」以下、昔は和歌が盛んにうたわれたが、漢詩がつくられるようになって一時衰え、人麻呂と赤人が復活させたと述べているところは、筆者の考えでは事実と相違する。七世紀以前の状況についての平安時代人による理解の仕方である。

しかし、『古事記』『日本書紀』『続日本紀』の天皇の事跡に関する記事は、しばしば事件の記述中に歌謡をさし挟む。事の次第の結末を歌謡で締めくくることもある。この様式が、平安時代の認識との連続性、「歌」が公のものとして朝廷に位置付いていたことを示している。『続日本紀』天平十五（七四三）年五月の記事を例に取ろう。群臣を集めた内裏の宴で、皇太子阿部内親王が自ら五節舞《ごせちのまひ》を舞った。聖武天皇は、宣命を発して、天武天皇が天下統治のために秩序を正す礼と人心を和らげる楽との二つが必要であると考えてこの五節舞を創始された、その考えを自らも継承して行こうと皇太子に習わせていたが、ここに太上天皇に奉ると述べた。元正太上天皇は、応答の宣命を発して、聖武天皇がこの舞を国の宝として皇太子に舞わせるのを見れば天下の法は絶える事がない、また、今日のこの舞は音楽の楽しみにとどまらず君臣祖子の倫理を教導するものである、と喜びを表明し、この機会に叙位を行うよう促した。その後に三首の御製「そらみつ大和の国は神からし貴くあるらしこの舞見れば」「天つ神御孫《みま》の命《みこと》の取り持ちてこの豊御酒を厳《いか》たてまつる」「やすみしし我ご大君は平らけく永く坐《いま》して豊御酒まつる」が掲げられる。その場の感動の高まりが「歌」でしめくくられ言いまとめられているのである。

このように「歌」は公のものであった。それを八世紀以前の出土資料によって裏付けることが今後の課題になる。第二章でふれた宮町遺跡の第三十二次の調査では「歌一首」と書かれた土器が出土しており（次頁図⑤参照）、記者発表資料では「歌」と典礼、それにともなう宴席との、何らかのかかわりを示す徴証とみなされている。第二十五次の発掘では「行幸…宮」とよめる漢字列の脇に「御奈閉之」と書かれた木簡が出土している（信楽町教育委員会『宮町遺跡出土木簡概報2』２００３）。これが「（を）みなへし」であるなら、歌句の可能性がある。行幸時に歌唱をともなう何らかの典礼が行われた跡を示すものかもしれない。ただし、この漢字列は「み鍋」と助辞「之」とも理解できるし、もし女郎花であるとしても薬草としての用途にかかわる書き込みかもしれないので憶測は慎まなくてはならない。

また、二〇〇八年四月二四日の新聞報道により、富山県射水市一条の「赤田《あかんだ》1遺跡」から九世紀後半の墨書土器が出土したと公表された。酒杯とみられるものに草仮名が書かれているが、そのなかに「奈尓波《なには》」がある。「難波津の歌」の冒頭の可能性が大きい。この三字を書いた木簡や墨書土器は、後に第四章の1．にあげるとおり従来から数多く出土している。同じ溝から祭祀具などの木製品や緑釉の皿、大量の土師器の杯も出土し、祭りの儀式を行った遺跡と推定されている。発表資料によると、富山大学教授の鈴木慶二氏は儀式のなかの「曲

図⑤▲宮町遺跡第32次調査出土「歌一首」土器（提供・甲賀市教育委員会）

水の宴」で国司らが歌を詠もうとして練習用にこれらの文字を書き留めた可能性を指摘している。氏の解釈では、書かれた他の文字のうち「佐佐川幾《ささつき》」は「酒坏」、「比尓《ひに》」「比川川《ひつつ》」はたとえば「思ひに」「恋ひつつ」などの語句の一部にあたるのではないかという。こうした性格の七世紀の遺跡の出現を期待しよう。

●天武朝の「歌」政策

記紀の編纂が始まったのは天武朝であろうから、遅くともその頃には典礼の席で天皇が「歌」をうたい臣下が「歌」を奏上する慣行が成り立っていたであろう。第一章にあげた難波宮の「歌木簡」は、七世紀中頃すでにその慣行が存在した可能性を示すが、天武・持統朝において「歌」の様式を確立し普及する政策がとりわけて強力におしすすめられたらしい。先にあげた『続日本紀』天平十五年の記事にも、天下を平定し人心を和らげるために「礼」とともに「楽」を定めたのは天武天皇であるという認識があらわれている。柿本人麻呂らは、律令官人としてその政策を実行・推進したのであった。それについて、吉田義孝《よしだよしたか》氏が『日本書紀』天武四年（六七五）二月の左の短い記事に注目して、傾聴すべき説をとなえている（「天武朝における柿本人麻呂の事業―人麻呂歌集と民謡の関連を中心に―」愛知学芸大学『国語国文学報』十五号1962・5）。

大倭、河内、摂津、山背、播磨、淡路、丹波、但馬、近江、若狭、伊勢、美濃、尾張

等国曰、選所部百姓之能歌男女及侏儒伎人而貢上

この記事は、「広汎な国々から、固有の民謡や歌舞が、天武朝の宮廷に集められ」、古くから「諸国の国造、伴造が」「恒常的に奏上してきた風俗の歌舞を」「天皇制的な観点からいま一度掌握しなおし、それをとおして、典礼の整備と拡充をはかろうとした」政策が施されたことを述べていると言うのである。そして「それらは貴族たちの相聞発想の上に豊かな素材を提供」し、柿本人麻呂は、それらを「整備変容させてゆく一方、新たに宮廷貴族たちによって創造される歌の類」も採録したと言う。つまり、民謡から和歌への昇華が、為政者層によって上から促されたというのである。この吉田氏の考え方に筆者は基本線で従う。先に『古今和歌集』真名序の記述が事実と相違すると述べたのも、この考え方によっている。

念のため一言しておくと「広汎な国々」と言っても挙げられている国名は畿内の周辺に限られている。以下、成立時の「歌」の普及度を考察するときに、このことを念頭に置かなくてはならない。「歌」をつくりうたうことは、天武の朝廷の威光が確実に及ぶ地域でまずはじめられ、朝廷の勢力が及ぶとともに全国で行われたのである。観音寺遺跡は阿波の国に属する。右の記事に阿波は挙げられていないが、七世紀末の「難波津の歌」木簡が出ている。これは「等国」に含めて考えておこう。

日本語の韻文は、人類の普遍として、有史以前から存在したであろうが、和歌は古くからあったわけではない。中国の文化とりわけ漢詩に触発されて、ある時代からつくられるようになったのである。ある時代とはおそらく七世紀である。『万葉集』の和歌たちは、冒頭の雄略天皇御製を除いて、舒明天皇（〜六四一）の国見歌から時代順に配列されている。朝鮮半島と国交が深まる一方で緊張が高まるなか、中国の律令制度を取り入れて国家の体制を整えようとしたころが、いわゆる初期万葉の時代である。なかでも天武朝に急速に整備がすすんだことを象徴するのが、人麻呂、赤人らの事業なのである。吉田氏の指摘はこの経緯を指している。

ここでまた『古今和歌集』仮名序の記述にもどろう。「なにはづのうたは、みかどのおほむはじめなり」とは、筆者の考え方によれば、「歌」は朝廷が政策としてはじめたものであり、その第一の手本が「難波津の歌」であった旨を述べていることになる。これは、七世紀に「歌」が「まつりごと」の一部をなすものとして行政に組み込まれつつ成立した経緯の、十世紀初頭における文化史的記憶と言えよう。

●「うた」から典礼向けの「歌」へ

ただし、吉田氏と筆者の考え方は全く同じではない。プロローグに説明したとおり、本書では、民間でうたわれてきた個人的・地方的な日本語の韻文をさして「うた」と呼ぶ。右に引用した吉田論文の「固有の民謡や歌舞」は「うた」にあたるものである。その「うた」と和歌との中間に、筆者は典礼向けの「歌」を置く。人麻呂らの事業は、まずは「うた」を昇華して典礼向けの「歌」を確立することであったと考える。たとえば「難波津の歌」の素材は春の到来を喜ぶ「うた」だったであろうが、典礼向けに「歌」として整えるとき、歌句を天皇讃美によみかえたのである。それらの「歌」のうちいくつかが、個人の文学的営為に深化し変貌を遂げて和歌となったという道筋を想定する。個の文学となったものを編纂した文学作品が『万葉集』であり、そこに収録された和歌たちが「万葉歌」である。『万葉集』の人麻呂らの和歌のなかに、つくられたときは「歌」だったものが含まれているということになる。その一方、「うた」のもっていた個人的・地域的な側面が、和歌が確立した後に生き続けて、第七章に述べるように、和歌を贈答して意志の疎通をはかる平安時代の慣習につながったと筆者は考える。

これを別の角度から述べると、吉田氏の所説は「相聞」に視線を向けているが、筆者の言う「歌」は『万葉集』なら「雑歌」「挽歌」に分類されるべきものである。改めて言うまでもないが「雑歌」「相聞」「挽歌」は『万葉集』の和歌たちに施された三つの大きな部立てである。『万葉集』の巻一は巻頭に「雑歌」という題が掲げられていて、野遊、国見、行幸など宮廷生活の公の場に即した和歌たちが収録されている。巻二は「相聞」と「挽歌」の二部からなっていて、前者には人がこころを通い合わせる内容の和歌たち、後者には葬送、死別を悲しむ内容の和歌たちが収録されている。「歌」ないしは「うた」であったときの性格にもとづいて、『万葉集』では、和歌に昇華したものが「雑歌」「相聞」「挽歌」に分類されているとすると、典礼の席でうたわれた内容なら「雑歌」あるいは「挽歌」に相当するはずである。「相聞」に相当するものの内容は個人的な側面が濃い。後に述べるように、人と永く別れるという共通性から「相聞＝生別」と「挽歌＝死別」は接点を持ち得るが、「相聞」の多くは情愛の歌としての機能をもったはずであり、典礼の席でうたうには必ずしもふさわしくない。

近年、七世紀の木簡の大量出土によって、天武朝には日本の律令体制が法としての発布以前から実質を備えていたことが明らかになりつつある。吉田氏が注目した天武四年の記事は天武十（六八一）年二月の「朕今更欲定律令改法式」詔が出る以前である。同年三月の記事に「天皇居新宮井上、而試発鼓吹之声。仍令調習」とあるのは朝廷の儀礼や軍学のための調律の整備を言っている。天武四年の記事に書かれていることがらも、律令の内容をつくる音楽政策の一つであったと理解することができよう。その政策を呈して「宮廷歌人」柿本人麻呂が活動した。同じ頃に、阿波の国府で官人の一人が「難波津の歌」を木簡に書いたのであったが、再三にわたって強調するとおり、この「歌」は『万葉集』に収録されていない。そのわけは、公的な典礼向けの「歌」だからである。従来、記紀の歌謡などを除く七、八世紀の日本語の韻文をひとしなみに「和歌」と呼び「歌」と呼んできたが、今、それらの質を吟味し区別して論ずることが必要である。

2. 中国の「楽府」と日本の「歌」

前節でふれた中国の楽府は、その名のとおり本義は音楽を司る役所である。転じて、楽府で取り扱った歌曲の歌詞が一つの詩の形式名となった。それゆえ詩の形式の分類としての楽府は、伴奏を付けて口頭でうたうことを前提とする。増田清秀氏の研究（『楽府の歴史的研究』創文社1975）によると、漢の武帝のときの楽府には一千人を越える規模の音楽家たちが職員として所属していた。そして、楽府の歌詞の内容は、武帝が天下四方の歌謡を採集して楽章をつくらせたという由来から、後に絶句、律詩と呼ばれるものに比べて、個人の情を述べるよりは民の声を反映するものとされていた。それがすなわち先に述べた「風」の観念である。前節にあげた『日本書紀』天武四（六七五）年の記事は、日本の律令においては朝廷が天下四方から「うた」を採集して「歌」をつくらせた事情を示していると筆者は解釈する。これも先にあげた『日本書紀』巻三の「来目歌」を例にとれば、「しぎわな張る」云々という歌句からみて、在来の猟や漁の「うた」を素材として戦闘場面の歌謡に仕立てたことが瞭然である。

「歌」だけでなく舞踏にも同様の事情が生じたであろう。左の『日本書紀』天智十（六七一）年五月五日の記事にある「田舞《たまひ》（原文は「儛」。以下同じ）」も、農耕習俗に根ざす舞だったものが宮廷儀礼に取り入れられたというのが通説である。在来の田舞を中国渡来の楽理によって典礼向けに整えたのであった。

天皇御西小殿。皇太子群臣侍宴、於是再奏田舞。

およそ日本律令体制の特徴は、広く言えば古代日本の文化は、中国の手本を懸命に模倣する一方、そこに在来の要素を保存して組み入れるところに特色があると思う。左に示したのは日本律令における雅楽寮の職員表であるが、「歌師」以下は日本在来の歌舞の担当者であるとされる。中国律令の礼楽を模倣しつつも、在来の歌舞を典礼に取り込んでいたのである。主要な典礼にはこの人たちが派遣されて「歌」をうたい器楽をかなでたのであろう。天武四年二月の記事に「能歌男女」とあるところは、これにつながると考えて良い。そして、平安時代に令外の官として設けられる「大歌所《おほうたところ》」は、この伝統に属するものであろう。

頭一人、助一人、大允一人、少允一人、大属一人、少属一人、歌師四人、歌人三十人、歌女一百人、舞師四人、舞生百人、笛師二人、笛生六人、笛工八人、唐楽師十二人、楽生六十人、高麗楽師四人、楽生廿人、百済楽師四人、楽生廿人、伎楽師一人、腰鼓師二人、使部廿人、直丁二人、楽戸。

●典礼で「歌」い「舞」い「奏」する

典礼の場で歌舞奏楽が行われた記録を文献上にみてみよう。『日本後紀』巻十二に延暦二十三年（八〇四）十月に行われた桓武天皇の和泉・紀伊行幸の記事がある。出発翌日の四日に難波行宮で「賜摂津国司被衣」が行われた後「上御船泛江、四天王寺奏楽」が行われた。この時は「歌」が伴ったと書かれていないが、和泉国を発つ前日の十日には和泉国摂津国の二郡に田租を免ずる詔が出され、叙位と賜物の後「国司奉献、奏風俗歌」が行われた。「奉献」は神仏や貴人にものを献上することであるが、とくに平安初期に天皇に国司が献上することが流行した（目崎徳衛「平安時代初期における奉献」『平安文化史論』桜楓社１９６８参照）。この「奏風俗歌」は、「国ぶり」の「歌」が奏楽を伴ってうたわれたことを指すと解釈するのがすなおである。

それは、おそらく古来諸国の国造たちが行ってきた慣習の延長上に位置するものであろう。『日本書紀』の記事にある「饗多禰嶋人等于飛鳥寺西河辺、奏種々楽」（天武十年九月）

「大伴連望多薨。天皇大驚之、則遣泊瀬王而弔之…乃贈大紫位、発鼓吹葬之」（同十二年六月）のような典礼の場では、「歌」がうたわれたと書かれていないが、器楽や舞に伴っていたとみるのが自然ではなかろうか。少なくとも葬儀の場では、継体二十四年の記事に病死した毛野臣の葬送の歌謡として「…毛野の若子い笛吹き上る」とあるように、奏楽と『万葉集』に言う挽歌とが伴っていたことが確実である。『古事記』上巻の天の若日子の喪屋において「日八日夜八夜」行われた「遊」も奏楽を伴う挽歌であろう。『日本書紀』の孝徳天皇大化五年の記事に挽歌にあたる歌謡がある。その歌句は第八章で示すが［→179ページ］、そのとき野中川原史満《のなかのかはらのふびとみつ》が「進而奉歌」し「皇太子（中大兄すなわち後の天智天皇）」が「授御琴而使唱」とある。歌句がつくられた後、琴の伴奏を付けてうたわれたことがわかる。祝いの宴なら『万葉集』に言う「雑歌」に相当するものがうたわれたであろう。そして「難波津の歌」は祝典に汎用された素材だったのであろう。

　右に推測したところは、いずれ、先にふれた宮町遺跡と赤田遺跡の墨書土器のような物証によって裏付けられていくと筆者は予想している。栄原氏は、「歌木簡」が典礼の場で使用されたと考え、どのような典礼でどのように使用されたのか、具体的に明らかにする必要があると述べている（「木簡として見た歌木簡」『美夫君志』第七十五號２００７・11）。それを裏付ける「歌」を書いた木簡や土器が典礼の跡を示す遺跡から出土するであろうし、これまでに出土していたものもこの線から見直されるであろう。

●事務官が「歌」い「舞」う

ところで、筆者の考えるところが当を得ているとすると、公の典礼以外の席で「歌」をうたう機会も多かったはずなので、雅楽寮の正規職員だけで対応できたとは思えない。このことに関して、次の長屋王家木簡の記述は興味深い想像を呼ぶ（次々頁図⑥）。日付からみて正月の行事にそなえて年末に試楽を行ったのかと推測できる。平群《へぐり》朝臣廣足《ひろたり》は長屋王家の職員として日頃は家政を司っているのだが、倭舞の技能があり、雅楽寮から招請されて宮廷の典礼に参加するのである。長屋王家の木簡をみると、何かの行事、たとえば法要などのときに本来の担当部署から離れて業務に派遣される例はめずらしくない。ここに言う「倭舞」は、おそらく『日本書紀』天武十二（六八三）年正月の記事「是日、奏小墾田舞及高麗百済新羅三国楽、於庭中」の小墾田舞にあたるような日本風のものであろう。

ここに、いわゆる「宮廷歌人」の実態を推測する手がかりがあるのではないかとかねてから筆者は思っている。典礼でうたう「歌」をつくり、その席でうたう人の一部、あるいは、多くは、倭舞を舞う平群廣足と同じように、ふだんは事務官として働いていたのではなかろうか。柿本人麻呂も山辺赤人も、おそらく、歌人を専業としていたわけではない。日本律令の諸典礼中で、礼楽のなかに倭舞が位置付けられていたのと同様にして、そしておそらく場も同じくして、「歌」が位置付けられ、その技能をもつ舎人が日頃の職務の他に指定されて任にあたったのであろう。

この「歌」の担当者にかかわることで筆者が注目している木簡がある。大阪枚方市の禁野《きんや》本町遺跡から出土した奈良時代前期の削りくずに「歌人」という字句がある（『木簡研究』第二七号2005五三頁）。奈良文化財研究所の山本崇氏の教示によると、井戸を廃棄するときの埋め物として一括投棄されたゴミなので、今のところ遺跡の性格や書かれた事情を推定するすべがない。雅楽寮の職員名なのか、典礼の席で「歌」をうたった人なのか。同様の木簡がさらに出現するのを待とう。

・雅楽寮移　長屋王家令所　　平群朝臣廣足
　　　　　　　　　　　　　　右人請因倭舞

・故移　十二月廿四日　少属白鳥史豊麻呂
　　　　　　　　　　　少允船豊

（雅楽寮が申す。長屋王家の家令所へ。平群朝臣廣足、右の人を倭舞のために請う。そういうわけで申す。十二月二十四日。担当は少属白鳥史の豊麻呂。所轄は少允船の豊。）

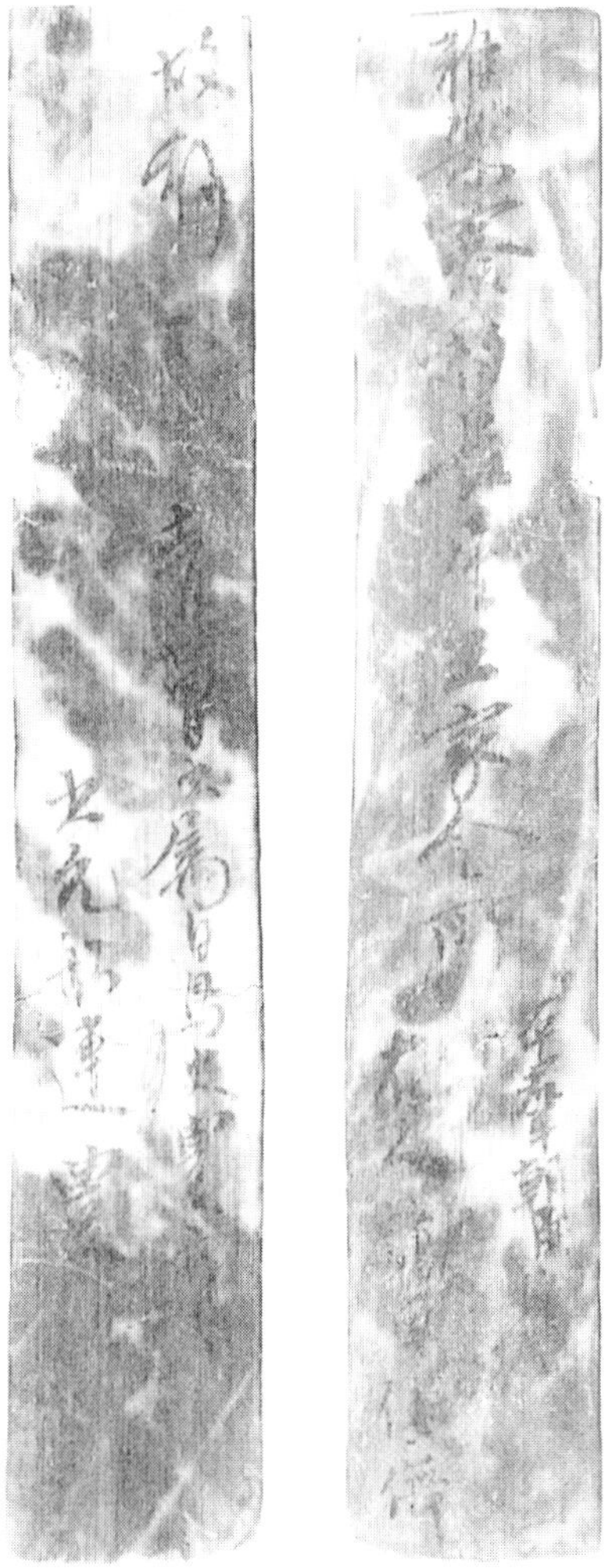

図⑥◀木簡学会編『日本古代木簡集成』東京大学出版会、二〇〇三、三七頁より引用

●典礼でうたうために「歌」をつくるならわし

典礼の席での「奏歌」は律令体制下の列島のすみずみで諸々の行事の度に行われていたであろう。『万葉集』には、典礼に伴う宴においてうたわれた「歌」から素材を得た和歌が多く収められていると筆者は考える。巻五には、天平二（七三〇）年正月に大伴旅人の主催した「梅花宴」の和歌群が記載されている。その三十二首は、主賓であった太宰府次席の「大弐紀卿」から「笠沙弥」まで、所管の国守を含む八人の賓客のものがまず並べられ、次に「主人」旅人の作、以下、「大監伴氏百代」から官人の位階順に配列されている。この和歌群の漢文序には王羲之《おうぎし》の『蘭亭集序《らんていしゅうのじょ》』などの影響が指摘され、『万葉集』におさめられて漢文序と和歌群とからなる一つの文学作品となっているが、編纂に用いられた素材が太宰府幕僚による年始の祝いの席における「歌」の記録であったのは明らかである。

巻十五の「遣新羅使歌群」については、創作であるか記録であるかをめぐって議論されているが、旅にかかわる宴席における「歌」が素材になっていることは動かないだろう。すでにふれた巻二十の「防人歌」は、遠征軍団への入隊宣誓式もしくは国府における送別の宴、あるいは郷里を旅立つ時や旅の途次で道中の安全を祈る儀式の宴などと想像される席においてうたわれたものを素材としている（吉野裕『防人歌の基礎構造』筑摩書房1984、相磯禎三「防人歌の採集」『國學院雑誌』五七巻一二号、身崎壽「防人歌試論」『萬葉』第八十二号、島田修三「民の声防人歌」『万葉史を問う』新典社1999など参照)。おそらく、その根幹的な部分は防人に付き添った出身国府の官人たちが書きとめた記録である。それをもとにして、防人担当の総責任者の地位にあった大伴家持が、記録された歌句に手を入れ、その内容に触発されつつ自ら詠んだ和歌を添えて、「防人物語」として編纂したのだろう。

『万葉集』四五一六首の末尾をかざる大伴家持の詠歌「新《あたら》しき年の始めの初春の今日降る雪のいやしけ吉事《よごと》」は、天平宝字三(七五九)年の因幡の国庁に郡司たちを招いた元日の宴のものである。家持は、この「歌」を「歌木簡」に書いて持参し、宴席で披露した後、「新年乃始之波都波流能家布流由伎能伊夜之家余其騰」という表記に改めて『万葉集』の和歌の一首として収録したのであろう。「歌木簡」に書いたときは第一句が「安良多志伎」のようになっていた可能性が大きい。

寺院を建立した匠たちの間でも、工期や季節の節目ごとの宴席で奏歌が行われたであろう。後の第七章に述べる法隆寺五重塔天井組み木の「難波津の歌」は、その典礼の席でうたった跡を示していると筆者は考える。従来、匠が手すさびに書いたとみなされてきたが、後に述べるように、組み上げる前に並べられていた材に半ば公然と書かれたのである。うたう練習として書いたのかもしれないが、土器にまじないや願いをこめて字を書いたり刻んだ例は、日本における漢字使用のはじめからある。この場合も、工事関係者が予祝や願いを込めて書き込んだという解釈に筆者は魅力を覚える。このことに関して、岩田恵子氏（日本大学大学院）から、建物の安泰を祈願してわざとする瑕瑾の類ではないかという趣旨の教示をいただいた。証明の及ぶことではないが、それで事情が包括的に説明できる。優れた一案として紹介しておきたい。

先にふれたように、栄原氏の提案する「歌木簡」は官人たちの幹部の仕業という趣旨である。筆者は、それを容認した上で、宴席の規模と序列によっては、下級の官人も席に列する機会があり、「歌」をつくり記録を担当したと考えている。『万葉集』の防人歌の原形は、防人たち自身をふくめて宴席でうたわれた素材をもとに、右に想像をまじえて述べたような各種の段階における編纂、整理、書き改めを経て、『万葉集』に収録されていると考える。防人歌は国ごとに表記が異なるが、そのわけは、同行した各国の官人が記録を担当したときに国毎の用字の特徴が反映した結果と解釈するのが最も合理的であろう。木簡に日本語の韻文とみなされる字句を書いたものには、官人たちがそのような職務にそなえて行った習書が含まれていると考える。墨書土器もそうである。

●「歌」から和歌へ……漢詩の影響

再三述べるとおり、本書で「歌」と呼ぶものは和歌ではない。「歌」のなかに和歌あるいは和歌の原形が含まれていたという関係になる。『万葉集』におさめられた旅人や憶良や家持たちの和歌は彼らの「歌」ほぼそのままかもしれない。「人麻呂歌集」などの場合は原形の「歌」と『万葉集』中の和歌とのへだたりが大きいと筆者は推定する。全国各地で官人たちが収集し記録した「うた」「歌」たちのなかに、選択と洗練を経て、雅楽寮のレパートリーとなったもの、記紀歌謡や『万葉集』の素材となったものなどがあったであろう。「歌」と和歌は相互に連続的であるが、典礼の一環としての機能を負わされた「歌」と、個人の文学作品である和歌とを、区別することは、理論的に可能であり必要である。

なお付け加えておこう。ここまでに「在来の」と述べたとき、旧来そのままで保たれたことをさしていない。倭舞は、あたかも近代邦楽が五線譜に採譜されることに伴って本来の姿から変容したのと同じく、宮廷の典礼に取り入れられる際に、中国の楽理と接触して何らかの近代化を施されたに違いない。本書に言う「歌」もまた、伝統的・自然発生的な「うた」を素材としながら、中国風なるもの、具体的には漢詩の影響を受け、近代的な変容が施されてはじめて、宮廷における典礼の一環となることができたであろう。五、七の句をくり返す形式は、おそらく、その近代化に伴って確立したものである。韻文は土台となる言語の韻律的特徴に規制される。日本語の語基が二音節を基本とすることは五音節、七音節のまとまりをなす土台であるが、漢字を使って「歌」を書こうとしたとき、漢詩の五言、七言の形式が影響したことは否定できないであろう。記紀歌謡に四字、六字の句があることも、おそらく楽府の形式と無関係でない。使われた語句や季節感などの文学的な表現についても同じであろう。むしろ、『万葉集』にあらわれている言語は今日で言えば翻訳体の文体にあたるものではないかと筆者は考えはじめている。少なくとも「古代の素朴な民衆の歌を集めた」というかつての『万葉集』像は根本から改めなくてはならない。この問題は、今後、さまざまな側面から検討を重ねる必要があると思う。先に第一章でふれたシンポジウム「難波宮出土の歌木簡について」で内田賢徳《うちだまさのり》氏は「六五〇年代に和歌を作るとしたら、まず中国的な発想の詩を以て、それをどうやって日本語に置き換えるか」と述べているが、これは筆者の右の考え方と一致するところがある。

ここで、二〇〇〇年に飛鳥池遺跡から出土した七世紀末の木簡（木簡学会編『日本古代木簡集成』東京大学出版会２００３に木簡番号４３７として写真と釈文掲載）の「白馬鳴向山　欲其上草食【表】
女人向男咲　相遊其下也【裏】」にふれておきたい（図⑦）。一見五言詩風に書かれているが押韻もなく漢詩の体をなしていない。表側の字句は『千字文』の第三十三〜六句「鳴鳳在樹　白駒食場　化被草木　類及萬方」との関係があきらかである。とすれば、この木簡は、漢字もしくは漢詩の学習の一端を示す跡であることになる。しかし、裏側の字句についてはその説明ができない。女が男に笑みを向け相遊ぶという字句の内容には歌垣を想わせるところがある。またも想像をたくましくすれば、書き手は脳裏に土俗的な「うた」を置きながら漢

図⑦◀木簡学会編『日本古代木簡集成』東京大学出版会、二〇〇三、二五頁より引用

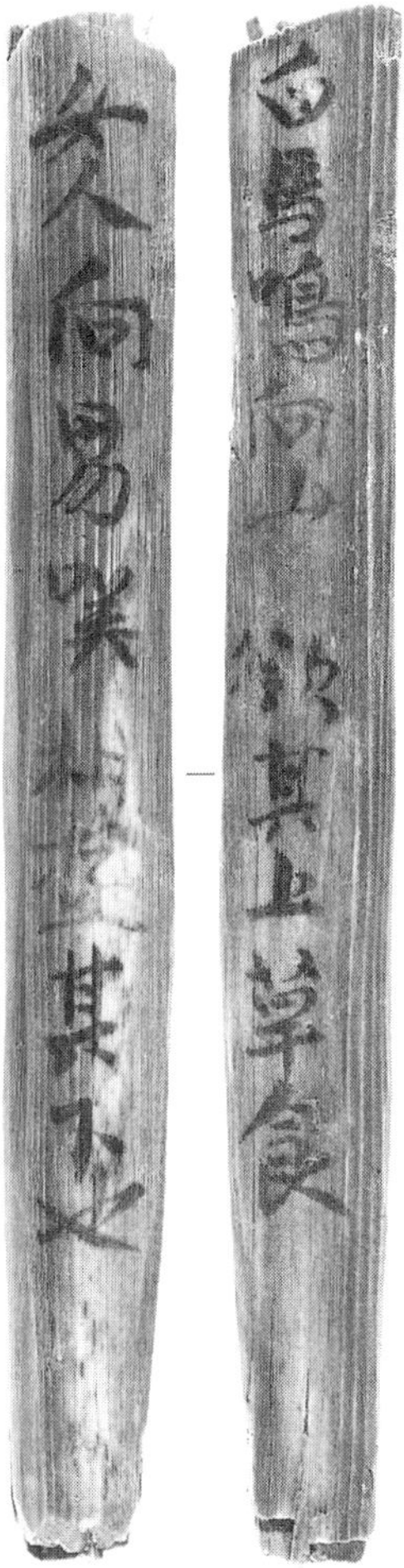

詩もどきを書いたのかもしれない。日本における楽府にあたるものを創り出そうとしたとき、このような試みがなされたとしてもおかしくない。

その参考になる可能性をもつ資料が韓国の扶余陵寺遺跡から出土している。二〇〇二年に公表されたもので、七世紀中頃以前の百済の木簡である。一二・七㎝の材に「宿世結業同生一處是／非相問上拜白事」と一面二行に書かれている。これを金永旭氏（「百済吏読について」『日韓漢字・漢字受容に関する国際学術会議論文集』２００３。原文は『口訣研究』一一号２００３に掲載）は、「事」を「來」によみ改めた上で「四言四句形式の百済人の心を表現する素朴な歌謡」と推定している。この説は大方の承認を得ていない。「來」とよむのが適切か否か、「白」の下に一字分

の空白があるのをどのように説明・解釈するかが問題として残り、全体の文意の解釈は今後の課題である。しかし、一般論として、中国周辺の律令国家で漢詩と「うた」との接触に類似の動向が生ずることはあり得ただろう。古代の朝鮮半島で韻文がどのような形態で書かれていたかは、今、最も注目すべきことがらの一つである。今後そのような資料が出てくれば、日本の訓字主体表記の来源も、より正確に推定することができるようになる。

第四章
出土物に書かれた「歌」たち

1．出土した「難波津の歌」たち

ここで、出土物上に書かれた日本語の韻文の資料にどのようなものがあるか、概観しておこう。川崎晃氏の「「越」木簡覚書」（『高岡市万葉歴史館紀要』第十一号２００１）と、八木京子氏の「難波津の落書」（『國文目白』第四十四号２００５）、「上代文字資料における音訓仮名の交用表記」（『高岡市万葉歴史館紀要』第十五号２００５）による整理を参照しながら、筆者の知り得た知見を加えて述べる。

●「難波津の歌」木簡の特徴

再三述べるとおり、出土物上に日本語の韻文を書いたもののうち、「難波津の歌」が際立って多い。下級官人や技能者たちが、ことあるごとに「難波津の歌」を書いているさまをみると、現代諸国のスポーツ行事等における国歌奏楽のように「難波津の歌」がうたわれていた状況を想起させる。この節では、出土した「難波津の歌」にどのようなものがあり、それらに共通してどのような特徴が認められるかをまずみてみよう。

特徴としてあげるべき点を前もってまとめておくと、まず第一に、一字一音式表記で書かれている。それは口頭でうたうことと無関係ではあるまい。官人たちが「歌」を記録するとき、発音に密着した書き方を採用したのは自然なことである。

もう一つの特徴は、行政にかかわる語句とともに書かれていることである。たとえば平城京跡の内裏外郭東側の幹線排水路から出土した木簡は、おそらく八世紀半ばのものであるが、「□請請解謹解申事解□」という習書に続けて「難波津の歌」の歌句「奈尓波津尓佐久夜己乃波奈」が書かれている（図⑧）。あちこち削られた状態で現存しているので、最初に書かれたときの状況がわかり難いが、これは栄原氏の言う「歌木簡」の清書でなく「歌」の習書

図⑧◀平城京跡の内裏外郭東側から出土した木簡（沖森卓也・佐藤信編『上代木簡資料集成』おうふう、一九九四、二六頁より引用）

が日常業務のための通信文の習書とともに行われたとみるべきであろう。「歌」の記録が律令官人としての職務の一環であったことを示す徴証と言える。

以下、書かれた時代の順に主要な「難波津の歌」木簡を紹介する。観音寺遺跡の木簡、滋賀県宮町遺跡から出土した紫香楽宮のものの片面については、ここでは説明をくり返さない。

《七世紀末から八世紀初頭》

第一章で図を示した［↓025ページ、図②］奈良県石神遺跡の「奈尓波ツ尓佐児矢己乃波奈□□［　］【表】□　□倭マ物マ矢田マ丈マ□【裏】」は、観音寺遺跡のものと同じ天武朝のもので、「奈尓皮／移久佐□」「乃皮奈己／□□」の削り屑とともに出土した。栄原氏の言う「歌木簡」の様式どおりに一首を一面一行に書いたものである。七字目の「児」はコ甲類の万葉仮名であるが「咲く」のクが期待される位置にあてられている。上代にしばしばみられるウ段音とオ甲類音との音韻相通例になる。八字目の訓仮名「矢」の使用については先にふれた。なお、削りくずの「移《や》」は古韓音による万葉仮名である。印刷でうまく示せないが裏表で上下が逆に書かれているので「咲くや」の「や」にあたる。

これも第一章で図を示した［↓026ページ、図③］藤原京左京七条一坊出土の木簡は、八世紀初頭のもので、「奈尓皮ツ尓佐久矢己乃皮奈泊由己母利伊真皮々留マ止／佐久□［　］□□□職職［　］大□太□夫与【表】［　］皮皮職職職馬来田評【裏】」とある。この木簡は、先に第一章での議論にとりあげたとおり、「歌」を書くとき一行書きに限らなかった可能性を示している。また、表面の十三、四字目にあたる位置の「泊由」は、発表当初の釈文で「泊留」とされ、後にこのように訂正された。「泊留」なら歌句の「冬ごもり」が「春ごもり」に改変されたことになるが、語の意味解釈に支障をきたすので、「由」に訂正されたのは道理がある。しかしなお「冬」にあたるところにハユとよめる万葉仮名があてられているのは疑問が残る。これについては後に述べる。「難波津の歌」とともに「職」「大夫」などの行政にかかわる文字が書かれていることも確認しておきたい。それらは一度に書かれたものではなさそうである。

先にもふれたように、観音寺遺跡の木簡に関する二〇〇五〜六年度の再調査によって、以前は漢字の訓と万葉仮名で日本語の散文を書いたのではないかとみていたものが「難波津の歌」であると判明した。七世紀末から八世紀前半のものである。判明したわけは単に使用した赤外線カメラの性能の向上でしかない。またも楽屋落ちで恐縮であるが、徳島市埋蔵文化財センターで実物を前にして藤川智之氏と「もしかしてうただったりして」と笑いあったのが本当になってしまった。新しい報告書が公刊されると重要な知見が得られるであろうが、今のところでも次のように言える。これで、観音寺の地では長い間にわたって「難波津の歌」が学びうたわれ書かれていたことがわかる。

《八世紀前半》

兵庫県姫路市辻井遺跡から出土した八世紀前半の木簡の一つが再調査で「難波津の歌」によみとられた（『姫路市史　第八巻　史料編　古代　中世1』２００５）。第二章で取り扱った宮町遺跡のものと同時代ということになる。「□□□□尓佐久□□乃□□夫□己母利」とあり、裏面は「知」「屋」の習書である。十八字分の墨が残っていて三四㎝強であるから、全体を復原すると、これも約二尺の長さの材の表面に一首片面一行書きされた「歌木簡」とみなすことができる。このように、以前に出土したものを見直して「難波津の歌」と判明する例が年々ふえている。

二〇〇〇年に平城京の第一次大極殿西側から出土した「×児矢己乃者夫泊由己□利伊真者々留部止【表】×夫伊己冊利伊真彼春マ止作古矢己乃者奈【裏】」は年代不明ながら奈良時代初期の可能性もあると言われている（次頁図⑨）。左に述べるように、表記の様相からみても、その時代のものとして矛盾は生じない。第一章で図を示さなかったのでここにかかげる。現状は上端を丸く削り、下端を削ってとがらせているので、原形はこの上と下に少なくとも五字分の長さがあったはずである。それで表面は「難波津の歌」一首を一行に書いたことになるが、裏面はそれでは足らない。栄原氏は、従来裏面とされていた面にまず文字が書かれ、同じ歌句をその裏面にも書いたとみて、さらに上に長い原形を復原している。それなら約二尺になり「歌木簡」の規格に合致する。使われている万葉仮名のなかでは、訓仮名「矢」の使用と、裏面十三、四字目「作古」が連合仮名の用法（「作」の末尾の-kを「古」の頭のk-に重ねた表記）になっているところが古いものであることを示す徴証になる。裏面九字目の「彼」は著者が実見して「披」から改めたものである。この字であれば、先に第一章でふれた［→031ページ］「皮」と同じく、古韓音によるハの万葉仮名として合理的に理解できる。「彼」は漢音でも呉音でも音よみがヒであるが、古韓音ならハと音よみされる。「春」が漢字の訓よみ、それも訓を借りた万葉仮名でなく漢字の意味と一致する用法であることには先にふれた。なお、裏面二、三字目の「夫《ふ》伊《い》」が歌句の「冬《ふゆ》」にあたるとすると、ユとイとの音韻相

図⑨◀平城京「難波津の歌」木簡学会『木簡研究』第二三号、二〇〇一より引用

通例になる。十三、四字目「作古《さこ》」も「咲く」にあたるとすると、石神遺跡のものと同じく、クとコ甲類との音韻相通例になる。五字目の「母」が期待される位置に「册」があてられていることとあわせて、書き手の音韻認識あるいは書写態度に興味深い問題を含んでいる。これについては後にもう一度述べる。

《八世紀後半から九世紀》

八世紀後半以降のものは以下のとおりである。滋賀県野洲郡中主町湯ノ部《ゆべ》遺跡から出土した八世紀半ばから九世紀半ばの「奈尓波□尓佐」(木簡学会『木簡研究』第一九号九九～一〇〇頁)がある。平城京跡内裏東北部の井戸から出土した曲げ物の底板に書かれた「奈尓波」(奈良国立文化財研究所『平城宮発掘調査出土木簡概報(十)』四頁)は天平末年(～七四九)から延暦年間(七八二～八〇六)のものとされている。平安京右京六条三坊から出土した年代不明の「奈仁波都□佐久夜/[　]/[　]/[　]」(木簡学会『木簡研究』第二四号二九頁)もある。平安時代に至るまで継続的に書かれていた、言い換えれば、うたわれていたことがわかる。

なかでも以前から知られている天長年間(八二四～八三四)の「仁彼彼ツ仁佐/仁彼ツ仁佐久己」の万葉仮名「彼」が注目される(次頁図⑩)。九世紀に入ってもなお、こうした日常ふだんに使われる万葉仮名には古韓音によるものが残存していたことになる。それらが「支《き》」「川《つ》」などとともに平仮名・片仮名の源流となったのである。またここに使われている「仁」

図⑩◀天長年間の「難波津の歌」沖森卓也・佐藤信『上代木簡資料集成』おうふう、一九九四より引用

もそれまで多用された「尓」を蚕食して平仮名の主要な字源になるものである。なお、二字目の「彼」は塗りつぶされていて、「波」と書き直そうとしたようにもみえる。書いた人に「彼」をハにあてるのは古いという認識があったと想像すると興味深い。

《平安時代にもうたわれた》

一九九八年に富山県東木津遺跡から出土した木簡の一つが後に「はルマ止左くや古乃は□」と釈読された（川崎晃「「越」木簡覚書」『高岡市万葉歴史館紀要』第十一号2001）。「春辺と咲くやこのは〔な〕」とよめる。先に第二章の2.でふれたとおり【→064ページ】、この木簡は重視しなくてはならない。九世紀後半から十世紀前半の年代のものと推定されているが、最も古くみた場合、延喜五（九〇五）年に選進された『古今和歌集』の選者たちにとって一世代前、十世紀に入ってからのものとみるなら、当時にあって現代である。仮名序に「うたのちちははのやうにてぞ、てならふひとのはじめ

にもしける」とある記述が、過去の記憶ではなく実際に行われていたことの証拠になる。これを物証として、先にふれた『源氏物語』若紫巻の記述は【↓061ページ】実情の反映とみなすことができるのである。のみならず、外形も栄原説に従って復原すると二尺弱になるので「歌木簡」の規格に合致する。ということは、平安時代に入っても「難波津の歌」をうたう典礼が行われていた可能性がある。

●土器に「難波津の歌」を墨書または線刻したもの

土器にも「難波津の歌」が書かれた。七世紀後半の山田寺瓦のへら書き、九世紀後半の赤田遺跡の墨書土器にはすでにふれた。そのほかのものを神野恵氏の「平城京出土「難波津の歌」墨書土器」『奈良文化財研究所紀要2003』に依拠しながら筆者の見解を加えて紹介する。

平城京から出土した弘仁年間(八一〇〜八二四)の「ツ尓佐／波奈尓／久夜己」(木簡学会『木簡研究』第八号一五〇頁)は早くから知られているが、文字の釈読に再検討の余地もある由である。土器の調整方法からみて奈良時代後半のものとされる「奈尓／佐久□／九、八十一」は、計算の九九がともに書かれていて「難波津の歌」が仕事の場に存在したことを示す徴証となる。ほぼ同じ時期のものとされる「□尓波都尓／(　)」は、落書きの絵をともなっている(次頁図⑪左側)。「難波津の歌」が日常の戯れ書きの素材になることもあったと考えるのがすなおであろう。

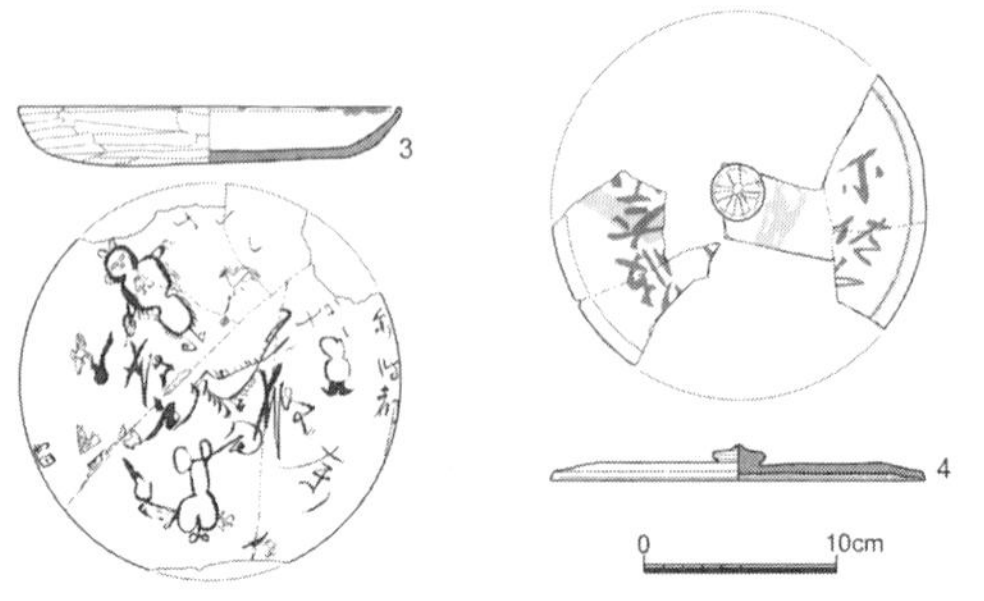

図⑪▲平城京跡出土「難波津の歌」墨書土器（提供・奈良文化財研究所）

平城京東一坊大路西側溝から出土した須恵器はとくに興味深い。溝が平安時代まで存続したものなので時期不明であるが、「難波津の歌」全文を書いた形跡がある（図⑪右側）。須恵器の頂部上面に「…尓佐久…乃波奈…」と時計回りに書き、内側にもう一巡して続きを書いたらしく、蓋のつまみに十一本の針書きがあり、十二文字の割付けにみえると神野氏は述べている。いたずら書きにしては手が込んでいるし、単なる手習いなら螺旋状に書く理由がない。なぜこのようなことをしたのか、さまざまな想像を呼び起こすが、やはり一種のまじないであろうか。いずれにせよ、「難波津の歌」が広く普及し熱心に学習されたことを示す事象である。

●「なには」と書いただけでわかるほど普及していた

今後も、木簡も土器も各時代のものが出土するであろう。出土資料上の「難波津の歌」が注目されはじめた当初は、「なには」とだけ書いたものが多いと言われていたが、出土数の増加につれて、全文を書くのが特別だったとは言えなくなっている。「奈尓波」「奈尓」と書いた例が多いのは、むしろ、それだけでわかるほどに普及していた徴証とみることができる。最初の二、三字を書いただけで「難波津の歌」に関係するものであると示し得たということである。

それらの中に、「難波津の歌」をうたう宴席に用いる器を示したものがあるのではないかと筆者は考えている。その参考となる例をあげれば、石川県金沢市畝田《うねだ》・寺中《じちゅう》遺跡から「天平二年」と墨書した土器とともに「語ー語」と底面に墨書したものが出土している。渤海からの使者の来着地であるので、平川南氏は「訳語《をさ》」をあらわしたのではないかと推定している（『日本の歴史二　日本の原像』小学館２００８）。これを書いた理由はその人たちに供することにかかわると筆者は推測する。

以上にみたとおり、「難波津の歌」は、都周辺だけでなく徳島県観音寺遺跡、兵庫県辻井遺跡、富山県東木津遺跡から出土している。汎用性の高い典礼の「歌」であり、全国でうたわれていたのであろう。しかも、東木津遺跡のものが「歌木簡」の様式に合致することからみて、「難波津の歌」をうたう典礼が、平安時代に入っても、それも、地方でも、行われていた可能性が考えられる。

そして、以上にみたとおり、これらはいずれも一字一音式表記で書かれている。右にあげた諸例中で漢字を訓よみして単語をあらわす用法は「春」一字だけである。使われている万葉仮名は概して平易な、当時として日常ふだんの字体である。また「ツ」「作」「矢」の使用は、七世紀末から八世紀初頭に書かれた地方の行政文書の用字と一致する。石神遺跡と藤原京跡の木簡に使われている「皮」と天長年間の平城京木簡に使われている「彼」も目を引く。これらをハの万葉仮名として用いるのは古韓音によるとみられるからである。総じて、これら略体の万葉仮名、古韓音による万葉仮名、字画の少ない訓仮名、そして清濁を書きわけないことは、その文脈が日常ふだんのものであることを示す徴証である。官人たちは、ひごろ用いている慣れ親しんだ字体の万葉仮名を使って、「みかどのおほむはじめ」なる「難波津の歌」を習い覚えようとしたのであった。

なお少し付け加えておこう。石神遺跡などの木簡で「咲くや」のクの位置にコ甲類の万葉仮名「児」「古」があてられ「冬」のユの位置に「伊」があてられている。これらは七、八世紀の音韻相通として説明できる。母音のウとオ甲類はしばしば交替する。たとえば「ますみ（真澄）」と「まそみ」のように。ユとイも交替する。たとえば「ゆめ」と「いめ（夢）」のように。木簡の書写態度は「母」が期待される位置に「册」をあてるような粗いところがあるにしても、こうした語形の流動性は、口頭にのぼせられたことを示唆する徴証であろう。一方、観音寺遺跡、石神遺跡、藤原京、平城京の木簡に共通して「咲くやこの花」の「や」

に「矢」があてられている。「なにはづ」の「づ」に「ツ」をあてる傾きも多くの木簡に認められる。書き写すときに何らかの標準が与えられていた可能性があり、書写されては口頭でうたわれたさまが想像できる。なお、藤原京木簡に「冬ごもり」が期待されるところ「泊由己母利」とある点については、さらに最終章に述べるところがある［↓194ページ］。

2. 出土した「歌」たち「うた」たち

日本語の韻文を書いた出土資料は、「難波津の歌」のみならず、七〜八世紀を通じて、ほとんどが一字一音式表記である。韻文を書いた出土物自体はそれほど多くなく、十数万点に達しようとする木簡のなかで本書にあげる数十点程度にとどまるが、無視できない数でもある。そして、今までのところ、「難波津の歌」以外に同じ歌句を書いたものが複数あらわれたためしがない。それは、先に第二章の1．で述べたとおり［↓048ページ］、これらの「歌」ないし「うた」たちが、その場限りの性格だからであると筆者は考える。その場限りとは、具体的には、公的な典礼向けの「歌木簡」ではなく、もし典礼向けだとしても一回の席に限って用いるためにつくられたということである。そして筆者は、後の第八章に述べるように、これらのなかに個人的な用途のものがあった、むしろ、多くはその性格ではないかと考える。

この節では、主要なものに即してまず実態をみてみよう。

●七世紀の万葉仮名表記の典型

最初に、一九九七年に大量に出土した奈良の飛鳥池遺跡の木簡のうち、「□止求止佐田目手□□［　］羅久於母閉皮（□《と》急くと定めて……らく思へば）」と書かれたものについて詳しく述べる。出土した溝の年代からみて七世紀後半から末のもので、堆積状態からおそらく後半、伴って出土した木簡の「さと」がすべて七世紀の「五十戸」という古い書き方の

図⑫◀飛鳥池遺跡から出土した習書木簡（木簡学会編『日本古代木簡集成』東京大学出版会、二〇〇三、一二四頁より引用）

由である。「さと」は八世紀には「郷」や「里」で書かれるようになる。

・□止求止佐田目手和□
・［　　　　　　　　］
　羅久於母閉皮　　　　加カ

釈文の・で示されているのは上部が削られているということである。第一字の前に墨の残りがある。右隅の一部だけなので判読できないが、この木簡が第二次的な整形を受けて、今は失われた上部に五字からなる句が書かれていた痕跡であろう。以前に筆者は「止」から歌句がはじまるとみて和歌の五七五七七の形式に合致しない韻文であろうとの見解を述べたが、この機会に撤回する。

書かれている語句を推定しよう。「止」以下は「とくとさだめてわが」のようによむ。裏面の末尾は「らくおもへば」である。「らく」の前の位置は動詞が書かれていたと考えて良いが、全文の再現は難しい。以前に筆者は「とくと定めて我が思ひ…逢へらく思へば」のように推定したが、表面と裏面の語句が続くものか否か不明なので、それは必ずしも成り立たない。先にも述べたとおり、栄原氏は表裏が同筆で一連の文字とみているが、この木簡の字配りは原形の再現が困難である。全体が一首である保証はないと筆者は考える。ともあれ、「とくと」は「急くと」の意の副詞であろう。『万葉集』巻十の二一〇八番歌の「秋風者急々吹来」を通説で「秋風はとくとく吹き来」とよむ。『平中物語』には「うち橋の絶えてあはずはわたり河とくとくとだに渡りてしがな」の用例がある。これらを根拠として、木簡によく使われている字句「急々」を「とくとく」とよむことができる。この木簡の「とく」も同じであろう。歌句についての検討はここまでにするが、「羅久於母閉皮」は、六字であるがア行音「お」を含むので字余りが許容されて五字からなる句と同じ扱いになること、これをよみあげるときはオを脱落してラクモヘバとよまれ得ることを指摘しておく。

使われている万葉仮名をみると、表の「止」は再三述べた古韓音系の音よみにもとづく字で、木簡だけでなく実用の文に頻出する字体である。次の「求」は『万葉集』巻十四の三四三〇番歌に「許求（漕ぐ）」の用例がある。この字は中国の原音で頭子音が全濁 g-の字なのでグにあて得る。現代の「求道《ぐどう》」などの音よみに残っている漢字音である。しかし、この木簡の「止求《とく》」は「疾く」にあてられているので清濁を書きわけていないことになる。同様に訓仮名「田」も「定めて」のダにあてられている。訓仮名「田」「手」の使用は先に述べたとおり七世紀の一字一音式表記の特徴である。『万葉集』では巻一から巻十六の訓字主体表記の和歌たちに訓仮名が少数使われているが、その場合は訓よみという共通性によって漢字の用法が整理されているわけである。裏面末尾の「皮」も再三述べたとおり七世紀の特徴的な万葉仮名である。この文脈では接続助詞「ば」にあてられているので、これも清濁を書きわけていないことになる。この万葉仮名の様相が、先にもふれたとおり、七世紀の一字一音式表記の典型である。

●歌句を書いた木簡たち

そのほかの木簡について述べる。出土したことを筆者が気付いていない例もあるだろうし、以前に出土したものが韻文と判明するかもしれない。二〇〇三年に公表された奈良県石神遺跡の羽子板状木製品の線刻「留之良奈麻久／阿佐奈伎尓伎也」の後半は「朝な来にきや」と読むこともできるが、全体が韻文であるか否か確定できない。同じく「片原《かたはら》戸仕丁《しちょう》米一斗」と書かれた支給伝票の裏に別筆で「阿之乃皮尓之母□」と書かれたものは「葦の葉に霜」とよむ叙景の歌句かもしれない。

藤原京跡から出土した木簡の「多々那都久（たたなづく）」（沖森卓也・佐藤信『上代木簡資料集成』おうふう1994、一一一頁に釈文掲載）は、この枕詞が当時実際に使われていた証拠になる。断片なので木簡全体の性格はわからない。

木簡が資料として注目されるようになったのは一九六一年に平城京跡から出土して以来で

あるが、その一つに「阿万留止毛宇平弥可々多（余るとも鵜を?見かたが《た》）」（沖森卓也・佐藤信『上代木簡資料集成』おうふう1994、一一四頁に釈文掲載）と書かれたものがある。一行に書かれていて、歌句の内容はよくわからないが、五七の音数律からみて韻文である。出土した木簡たちのなかにこれが含まれていたことが、日本語の資料として利用できるかもしれないという期待を生んだのであった。「かた」の繰り返しを想定するのは当時の書記形態が「A々B々」で「ABAB」とよませる形式だからである（拙著『上代文字言語の研究』第四部第二章補説参照）。万葉仮名「万」「止」の使用が日常ふだんの様相を示している。

この他に重要なものとしては、平城京跡から出土した「勤解　川口開務所」など多くの字が書かれた木簡に書き込まれた「津玖余々美宇我礼（月夜好み浮かれ）」（沖森卓也・佐藤信『上代木簡資料集成』おうふう1994、一一三頁に釈文掲載）と、平城京跡の東院西辺で出土した奈良時代後期の木簡「目毛美須流ㇾ安保連紀我許等乎志宜見賀毛美夜能宇知可礼弖（目も見ずあほれ木?が言を繁みかも宮の内離れて）」（奈良国立文化財研究所『平城宮発掘調査出土木簡概報（十二）』。佐藤信・沖森卓也『上代木簡資料集成』おうふう1994、一一一頁にも釈文掲載）と、秋田城跡出土の延暦年間（七八二～八〇六）の木簡「・波流奈礼波伊万志□□□［　］（春なればいまし…）【表】・由米余伊母波夜久伊□□奴□止利阿波志□（勤めよ妹はやく…とりあはし…）【裏】」（木簡学会編『日本古代木簡集成』東京大学出版会2003に木簡番号436として写真と釈文掲載。『木簡研究』

第二九号２００７で釈読訂正）があるが、それらの内容については後の第八章で論述する。

●「歌」は一字一音式で書かれた

これらの書き方をとおして、出土物上の一字一音式表記の特徴があらわれている。万葉仮名の「万」「止」などの字体が記紀万葉とは異なる使用層を示し、発音の清濁を万葉仮名の字体で区別して書かない。「可々多」の「可」の繰り返しの位置や「奈礼波」の「波」の位置が濁音ガ、バにあたると期待される一方、「宇我礼」の「我」はおそらく清音カにあてられている。また、上代特殊仮名遣いの区別もずさんである。「津玖余々美」の「余」はヨ乙類の万葉仮名であるが、「よ（夜）」の語形は甲類である。そして「余」の繰り返しの位置は形容詞「好し」の語幹にあたるとすれば乙類である。このように、字画の少ない万葉仮名を用い、音韻の清濁と上代特殊仮名遣いにこだわらないのが「褻《け》」の様相である。ただ、平城京の東院西辺から出土した「目毛美須流ㇾ安…」と書かれた木簡は「晴《はれ》」の様相に近い。「目」を訓よみで使い、「連」「紀」「賀」という、木簡には通常なら使われない高級な万葉仮名を使い、ゲ乙類専用の濁音の万葉仮名「宜」を使い、字余りの第一句の五字目と六字目とを入れ換える指示の符号も加えられている。このことについても後に第八章に述べるところがある。

●例外的に一字一音式でない「歌」たち

出土した「歌」のうち一字一音式表記でないものは、管見に入る限り、天平年間のものとされている次の一点だけである。平城京東院外堀から出土した木簡（奈良国立文化財研究所『平城宮発掘調査出土木簡概報（六）』。佐藤信・沖森卓也『上代木簡資料集成』おうふう1994にも掲載。『平城宮発掘調査出土木簡概報（三十八）』2007で釈文訂正）は「・玉尓有皮手尓麻伎母知而伊（玉にあらば手に蒔き持ちて…）【表】・□□皮伊加尓□（…はいかに…）【裏】」とある。この時期に至ってもハの万葉仮名に「皮」を使っていることも注目に値するが、漢字を字の意味通りに訓よみで使う用法で書き始めて、全体に訓よみの字と万葉仮名とを交用していることは、日本語の韻文を書いた木簡のなかで異例である。この木簡の内容についても後に第八章で再び論述する［↓177ページ］。

この他に平城京跡東院南西隅から出土した木簡「・□以津波里《いつはり》事云津々《つつ》／・人□□□□」の「事云」は「…ことい ひ…」と訓よみすべきもので、これも韻文かもしれない（小谷博泰『上代文学と木簡の研究』和泉書院1999、一二七頁参照）。養老から神亀年間（七二〇前後）のものである。いずれにせよ、訓字が主体の表記とは言えない。

出土物以外では、正倉院文書の天平勝宝元（七四九）年の日付をもつ写経所文書の紙背に「家之韓藍花今見者難写成鴨（《妹が》家のから藍の花今見ればうつし難くもなりにけるかも）」（佐佐木信綱編『南京遺文』1921に「第一其一」として写真掲載。平凡社『書道全集』第九巻1930、六〇頁にも写真掲載）とあるのが訓字主体表記である。「韓藍《からあゐ》」は『万葉集』に四例使われているが、そのなかで巻七の一三六二番歌「秋さらばうつしもせむと我が蒔《ま》きし韓藍の花を誰か摘みけむ」に似たところがある。

もう一つ、天平宝字六（七六二）年の僧正美の書状に「春佐米乃　阿波礼（春雨のあはれ）」とある戯れ書き（『大日本古文書五』三二九頁）は韻文の冒頭の可能性が大きく、訓字と音仮名の交用ということになる。これらのわずかな例外は、今私たちが見る『万葉集』の和歌にみられる表記形態が八世紀に実際に行われていたことを証明する物証である。

●一字一音式で書いたのは口頭でうたうため

七、八世紀をとおして、律令官人が「歌」を書くときは、原則として一字一音式表記で行ったことになる。とくに七世紀には、今のところ利用できる物証によるかぎり、必ず一字一音式表記であった。「歌」を訓字主体表記で書くことは、今のところ利用できる物証によるかぎり、八世紀に入ってから行われたとみるのがすなおであり、「人麻呂歌集」が七世紀に人麻呂の書いた字面そのままであるとは承認されない。七世紀のものだと主張する人は証拠を示してほしい。巧言を尽くしても筆者を納得させることはできない。七世紀に漢字の訓よみで「歌」を書こうとすれば、滋賀県森ノ内遺跡の手紙木簡のように漢字の訓で日本語の構文を明示的に書いたものもあるのだから、技術的には可能であったはずである。飛鳥池遺跡から出土した木簡の「世《せ》牟《む》止《と》言《いひ》而《て》」のように、漢字の訓よみと万葉仮名をまじえて「歌」を書くことも可能であったはずである。しかし、事実にすなおに従えば、それらの表記方法は採用されていなかった。

そのわけは、やはり、「歌」が口頭でうたうものであったからだと考えるべきであろう。長屋王家木簡をはじめ、多くの木簡の形態は、名詞や動詞にあたる訓よみの漢字を日本語の語順にならべただけの態をなしている。「歌」をつくるときにメモとしてそのようなものを書いたことが想像できるが、今までに発見されていない。一字一音式表記に少数の訓よみの字をまじえたものは現に出土しているが、それは、繰り返し述べるとおり、当時の日常ふだんの書記方法にあっては音よみ訓よみの別がそれほど厳密に意識されていなかったからである。

第五章
観音寺遺跡から出土した「難波津の歌」木簡の価値

前章で木簡に「難波津の歌」とその他の「歌」を書いたものの全体を見わたした。それをふまえて、ここで徳島県観音寺遺跡から出土した「難波津の歌」木簡の価値を解説しておこう。日本語の韻文とその表記方法の歴史に関して、一九六〇年代以降、研究者の間で行われていた議論、筆者の言う「歌の文字化論争」の上で、この木簡は重要な根拠となった。この木簡が出現して以来、万葉仮名で日本語を書いた木簡が出土するとまず「難波津の歌」ではないかと疑ってみるほどに注目を浴びた。また、以前に出土してよめないままになっていた万葉仮名の連鎖も「難波津の歌」ではないかと見直され、実際にいくつかがそうであると確認されたのであった。

●予想できた「発見」

さて、徳島県観音寺遺跡から「奈尓波ツ尓作久矢己乃波奈」等と書かれた木簡が出土した

図⑬◀「難波津の歌」の木簡（六十九号）・『徳島県埋蔵文化財センター調査報告書第四〇集　観音寺遺跡Ⅰ（観音寺木簡編）』二〇〇二、一二一頁より引用

と報道されたのは、一九九八年一一月五日付けの新聞各紙上である。

この木簡は後に『観音寺遺跡Ⅰ（観音寺遺跡木簡篇）』（徳島県埋蔵文化財センター2002）で六十九号木簡と呼ばれるようになった。この字句は「難波津の歌」の第一、二句にあたる。木簡の作成年代は天武天皇・持統天皇の時代、それも西暦六八〇年頃にほぼ特定できると言われた。木簡学会の研究集会において徳島県埋蔵文化財センターの藤川智之氏が報告したところによると、この遺跡の遺物の堆積状態は「（出土した川床は）層位間の乱れが確認されず、緩やかな堆積が進行したことを再確認した」（木簡学会『木簡研究』第二一号1999、二〇五頁参照）という。とは言え、水流で攪拌されて上下が入れ替わるのではないかとの批判が今でも続いているが、それにしても、七世紀末から八世紀はじめの範囲からは動かせない。この木簡に使われている万葉仮名を分析した結果からみても奈良時代に入ってからのものではない。

この発見の新聞に対する公表を行ったのは和田萃氏である。ここでも楽屋落ちを書いて恐縮であるが、その前月、本書の筆者はシンポジウム「古代日本の文字世界」（平川南編『古代日本の文字世界』大修館書店2000参照）に講師として参加した。講師団の一人が和田氏であった。休憩時間に和田氏から、徳島県の遺跡から七世紀の和歌を書いた木簡が出た、近日中に公表するが内容はその時にと伺った。筆者が即座に「難波津の歌」でしょうと言うと、和田氏が複雑な表情をされたのを忘れられない。後日、新聞報道をみてやはりと得心したのであった。言い当てたのは偶然でも霊感でもない。日本語の韻文らしきものを書いた木簡は数点すでに出土していた。そのなかで「難波津の歌」を書いたものが、いずれも八世紀後半以後のものではあったが、目立って多かった。第七章でふれる法隆寺五重塔の天井に書かれた八世紀初頭のものの存在をあわせて考えると、七世紀に「歌」を書いた木簡が出てくるなら、書かれているのは「難波津の歌」であろうと予想するのは論理的必然だったのだ。そして、「歌」

を書きあらわす様態も万葉仮名をつらねたものであろうと予想できた。それまでに出土していた「難波津の歌」がすべてそうだったからである。シンポジウムの時に和田氏からハの万葉仮名「波」の字形が奇妙な形だと伺っていたのでそのように予想できたが、やはりそうだった。ただ、使われている万葉仮名の用法には予想を越えるところもあったが、それについては後に述べる。

●はじめ日本語の韻文はどのように表記されたか

この木簡の出現はいろいろな話題を呼んだが、とくに、日本語の韻文を書きあらわす方法の歴史に関して、それまで多くの人が信じていた説に真向から反する物証となることが注目を集めた。その説というのは、一九六〇年代の終わり頃に稲岡耕二《いなおかこうじ》氏が唱えたものである。氏は柿本人麻呂の作歌研究の泰斗である。文学研究の立場から『万葉集』の表記法の研究に入り、日本語表記史の問題として発言を繰り返すようになっていた。

『万葉集』をみると、全二十巻のうち多くの巻は和歌の語句が訓字主体表記で書かれているが、巻五、十四、十五はほとんど万葉仮名だけを使って一字一音式表記で書かれている。巻十七以後の大伴家持関係の和歌を多く収録している四つの巻にも一字一音式表記のものが比較的に多い。なかでも巻二十に収録されている防人歌は全面的にそうである。『万葉集』の和歌のなかで、書かれている作成年代が事実に近いと思われるものは七世紀後半から後のものであるが、八世紀初頭までの比較的古い作成年代にかかる和歌は、『万葉集』ではいずれも訓字主体表記で書かれている。典型的なのは「柿本人麻呂作歌」や「柿本人麻呂歌集」の和歌の訓字主体表記である。一字一音式表記のなかでは、大伴旅人と山上憶良を中心とした太宰府歌壇の和歌を収録する巻五が最も古い。それらの和歌がつくられた年代は神亀五（七二八）年から天平五（七三三）年の間である。

稲岡氏は、このように、『万葉集』のなかで一字一音式表記の和歌は最も古くても八世紀前半のものであることから、この書き方を日本語の韻文を漢字で書きあらわす方法の歴史の上で後発とみなし、訓字主体表記が先行したと考えた。和歌は、まずはじめに漢字の訓よみを使って書かれ、次第に表音的な書き方が開発されたということである。稲岡氏はさらに、訓字主体表記のなかでも自立語にあたる漢字だけを書きならべた形態（「略体表記」）が最も古く、表記法の発達につれて助詞・助動詞や活用語尾にあたるところも漢字で書かれるようになった（「非略体表記」）と論を展開した。たとえば『万葉集』巻一の四八番歌「東野炎立所見而反見為者月西渡」は人麻呂の作歌であるが、付属語にあたる字は「而」「者」だけであり、いずれも漢文の助字を応用して日本語の助詞にあてている。漢字列のなかにこのような要素が増えるほど日本語の文のかたちが明瞭になる。稲岡氏は、人麻呂が和歌を書くために工夫したこの表記方法が日本語一般の表記方法に及んだのではないかと論じた。付属語のところを万葉仮名で書けば宣命体になり、全文を万葉仮名で書けば一字一音式表記になるというわけである。

漢字は古典中国語を基盤にして成立した文字である。中国語は文法の類型で言う孤立語である。体言や用言にあたる単語を並べて、その語順で文を構成する。日本語の助詞・助動詞にあたる語がないからそれにあたる字もない。用言が活用しないから活用語尾にあたる字もない。日本語は文法の類型で言う膠着語《こうちゃくご》である。助詞・助動詞と用言の活用が文法的に重要な働きをする。漢字を使って日本語を書きあらわそうとしたとき、はじめは名詞と用言の語幹にあたるところしか文字化できず、書きなれるにつれて付属語や活用語尾を書きあらわす方法が開発されたという筋道はいかにもわかりやすい。

稲岡氏の直裁で明快な論述は、多くの人に受け入れられた。日本文化史の概説書などにも、人麻呂が開発した歌の書き方が散文にも適用されたという趣旨で日本語の書記方法の歴史を語ったものが見受けられた。しかし、早くから稲岡説を是としない者もあった。本書の筆者もその一人である。このあたりの事情をさらに詳しく知りたいと思う読者は、筆者の「「歌の文字化」論争について」（『美夫君志』第七十號、美夫君志会２００５・３）を参照されたい。

●今私たちがみる『万葉集』は原本でない

是としない理由は大きく二つあげられる。まず稲岡説は、今私たちがみる『万葉集』に書かれた和歌たちの表記の様態が、七世紀当時に人麻呂らが書いたそのままであることを前提にしないと成り立たない。しかし、今残っている『万葉集』の写本は平安時代後期をさかのぼらない。上代文学の代表的作品と言いながら、書かれた当時の姿が写本にそのまま伝えられている保証はない。もし転写の途中で書き換えられていたとしてもそれを確かめる手段はほとんどない。現に巻十八の一部分は平安時代に入ってから書かれた字面だとかねてから言われている（日本古典文学大系7『万葉集　四』岩波書店1962の大野晋氏による解説）が、その場合は「へ」「と」のような平仮名が万葉仮名にまじっていること、万葉仮名の字体にも他の巻には使われないものがみられるという、外面的に明瞭な徴証によっている。先に第二章で紫香楽宮跡の「あさかやまの歌」木簡の出現を画期的と評価したのは、今後は、この問題を検証することと、八世紀当時の「『万葉集』」の姿を再現することが、物証によって可能になるかもしれないからである。

稲岡説の提唱は、『万葉集』の本文批判が一つの水準に到達して、信頼性の高いテクストが提供されるようになった時期に行われた。提供された「再現『万葉集』」に依拠して多くの人が表記の歴史を論じた。本書の筆者もその一人である。それ故、研究をすすめるための仮設として、今みる『万葉集』に七〜八世紀の状態が伝えられていることにする方法が、当時は許された。それにしても、なお問題がある。作者がつくった後、うたわれたり記録されているものを、誰かが集めて編纂し、それを書いて歌集にする過程を考えると、何段階もの書き換えがあり得る。このように考えると「人麻呂歌集の表記」なるものは煎じ詰めれば思考上の産物でしかない。稲岡説は、結果的に、現代に再現された『万葉集』の姿を根拠にして『万葉集』の成立時の姿を論じていたのだった。

もちろん、稲岡氏が『万葉集』の本文批判上の問題や編纂の問題を知らないわけではない。論述中には明示されていないが、氏は、戸籍の人名表記など正倉院文書の表記の様相を充分にわきまえて『万葉集』の表記を論じている。稲岡説は、その当時の研究環境の中では最善を尽くして提唱されたと言える。しかし、本文批判を自らの手で試みた経験をもち、また、次の段落に述べるように、出土資料に記紀万葉の類と異なる様相があらわれていることを知る本書の筆者にとっては、今みる『万葉集』に七世紀の状態が伝えられていることを前提にした研究は砂上の楼閣に見えた。ただし、筆者も記紀万葉の字面が信用できないと言いつつ資料として採りあげないわけではない。本書の記述にも大いに利用している。要は何を主要な側面とみるかである。およそ研究というものは、その時に可能な環境の中で最善を尽くして成立する。一つの立場がいつまでも十全ではありえない。

●一字一音式が先行したと考えなければ物証に合わない

もう一つの是としなかった大きな理由は、稲岡説の唱えた一直線の発達史は物的な徴証に合致しないことである。稲岡説が最初に唱えられた当時は、まだ資料として利用できる出土物が少なく、『万葉集』『古事記』『日本書紀』『風土記』などに依拠して論をたてることに疑いがもたれなかった。再三くり返すとおり、それらは後世の写本でしか存在しないのだが、それらを使わなければ研究ができなかった。あえて言えば、記紀万葉の類を時間軸に添って並べる方法に問題があるのを承知の上で、目をつぶるほかなかったのである。研究者のなかにはそのような問題があると意識さえしない向きもあったし、残念ながら今でもそれが払拭されたとは言えない。そして、それら記紀万葉の類の状態から帰納する限りでは、右に述べたように、稲岡説は事象と合致していた。しかし、木簡などの出土資料が利用できるようになるにつれて、その実態に稲岡説が合わないことが次第に明らかになった。

一九六〇年代の終わり頃には木簡が利用されはじめていたが、出土数全体で数百点規模だった。それもはじめは平城京跡のものばかりだった。しかし、すぐに藤原宮跡や静岡県の伊場《いば》遺跡からも出土し、その後全国から続々と出土して地域的にも時間的にも相対的な見方ができるようになった。それらの文体を見ると一様でない。藤原京と伊場遺跡は七世紀末から八世紀初頭のものであるが、そこから出土した木簡と比べて平城京の木簡の方がむしろ正格の漢文に近いと指摘されている（小谷博泰『木簡と宣命の国語学的研究』和泉書院１９８６）。一九八八年には長屋王家邸宅跡から大量に木簡が出土した。八世紀のごくはじめ、『古事記』の成立と同時代のものである。それらを分析することによって、漢字列の基盤にあるのは日本語であることがわかってきた。漢文を書こうとして日本語風になまったのでなく、日本語の文を念頭に置いて漢字で書いたのである（東野治之『長屋王家木簡の研究』塙書房1996など参照）。その後には、七世紀の木簡が続々と出土して、日本語を書きあらわすために多様な文体を用いることが早くから可能であったと言えるようになった。

もし稲岡説が正しいのなら、まず漢文に近い文体の木簡、次に日本語に即した変体漢文のもの、その次に日本語の語形の一部を書きあらわした宣命体のもの、そして全文一字一音式表記のものが、この順で時間軸に添って出土することが期待される。事実は、そうでなかった。早くに橋本四郎氏（「古代の言語生活」『講座国語史6 文体史・言語生活史』大修館書店1972）が八世紀の書記様態は「晴《はれ》」の場と「褻《け》」の場とでは相違があったと主張している。同じ時代でも、文が書かれる場や目的、使用層などによる書き方の相違、文体の相違を想定しなくてはならないということである。稲岡説では訓字主体表記と一字一音式表記が時間軸に添ってタテにならべられたが、橋本説のようないわばヨコの相違を考えた方が物的な徴証の実態に合致する。

出土物上の徴証として、稲岡氏が根拠としてあげたものがあった（「国語の表記史と森ノ内遺跡木簡」『木簡研究』第九号1987）。一九八四年から行われた滋賀県中主町《ちゅうずちょう》森ノ内《もりのうち》遺跡の発掘で出土した七世紀末の木簡である。内容は日本語で書かれた手紙文と理解される。この木簡は、漢字の訓で自立語と付属語を書きあらわしていて、万葉仮名は固有名詞だけにあてられている。その様態は柿本人麻呂の作歌のうち稲岡氏が「非略体表記」と名付けたものと似ている。書かれた時期も柿本人麻呂が盛んに作歌活動を行っていたのとまさに同じ頃である。また楽屋落ちになるが、稲岡氏はこの木簡が出土したとき自説を支える物証が出現したと「小躍りして喜んだ」と学会の席上で何度も口にしている。しかしこれは散文を書いたものである。漢字の訓よみで日本語の文を書くことができた証拠にはなるが、そのなかでも韻文を書いた証拠にはならない。言うまでもなく、韻文が一字一音式表記で書かれなかった証拠にもならない。まして、今私たちがみる柿本人麻呂作歌の字面が七世紀当時の姿を伝えていることの証明にはほど遠い。

右の稲岡氏の発言を支える論述も行われた。たとえば竹尾利夫《たけおとしお》氏が、この森ノ内遺跡の木簡や藤原宮跡から出土した宣命書き木簡を取り上げて「近年、考古学からの木簡という動かし難い新たな資料を得て、人麻呂歌集の文字表記の古さが保証されたように思う」「稲岡耕二氏の見解が首肯される」と述べている（「万葉集の数字表記」『中央大学国文』第三七号１９９３）。『万葉集』の研究に出土資料を積極的に利用しようとする姿勢は望ましいが、この見解にも全く同じ批判があてはまる。竹尾氏は、藤原宮跡、平城宮跡から出土した九九を習書した木簡を徴証として『万葉集』の「遊戯的な文字遣い」の背景に「掛け算の一般的な普及があってこそ」と述べる。ことがらとしてこの指摘に筆者も異議はない。しかし、それが今私たちがみる『万葉集』の人麻呂歌集の字面が七世紀のものであることを保証する根拠にはならない。同じ物証を根拠にとって、人麻呂歌集の字面は八世紀に入ってからのものであると主張することが可能である。

いずれにせよ、稲岡説が成り立つためには、七世紀に韻文が一字一音式に書かれなかった証拠が必要であったが、世に非存在の証明ほど難しいものはない。むしろ、いずれ一字一音式に書かれた徴証が出現するであろうとの予想が、本書の筆者を含めて、少なからぬ研究者の間にあった。たとえば工藤《くどう》力男《りきお》氏に「歌でも散文でもいい、確かに仮名書きされた七世紀の木簡が一枚出土したら決着する」という発言がある（「人麻呂の表記の陽と陰」『万葉集研究二十』塙書房1994）。そこへ観音寺遺跡から「難波津の歌」木簡が出土した。それまでにも「難波津の歌」を書いた木簡等がいくつか知られていたが、いずれも一字一音式表記であった。そのなかでは、本書の第七章でとりあげる法隆寺五重塔の天井組み木のものが、八世紀初頭に書かれたと推定され、最古であった。この観音寺木簡はさらに遡る。もしも六八〇年頃に書かれたとの推定が正しいとすると、森ノ内遺跡の手紙木簡と同時代、柿本人麻呂が活動していたそのときに、日本語の韻文が一字一音式に書かれた物的証拠になる。稲岡説には都合の悪い徴証が出現したのであった。

●次々に繰り出される言いつくろい

それで議論が決着したかと言えばそうではなかった。観音寺遺跡の「難波津の歌」木簡の出現当時は、「木簡が一枚出たからとて、にわかに稲岡説がくつがえるものではない」という趣旨の発言がなされた。またまた楽屋落ちで恐縮であるが、二〇〇〇年度の木簡学会研究集会で筆者が七世紀に歌を書くときは一字一音式表記であったらしいと報告したとき、この言葉を浴びるように頂戴した。発表時の稲岡氏自身の質問にはじまって、その後の休憩時間、懇親会、夜ホテルに帰るとロビーでというありさまであった。

しかし「一枚出たからとて」論はすぐに声を潜めた。観音寺遺跡の「難波津の歌」木簡が孤立した例ではなくなったからである。観音寺遺跡のものが出てから、木簡の発掘現場でも、研究者の机上でも、「難波津の歌」に注意が向けられるようになった。前章で列挙したとおり、七世紀末から八世紀のはじめの木簡に「難波津の歌」を書いたものが出土したし、他の日本語の韻文らしきものを書いた七世紀の木簡も見つかった。それらはいずれも一字一音式表記である。さらに、第一章に述べたとおり、二〇〇六年には、難波宮跡から出土した七世紀中頃の「歌木簡」が公表されて、事態は決定的になった。

一方、訓字主体表記の出土資料は、今のところ、山口県長登《ながのぼり》銅山跡から出土した木簡がその可能性をもつただ一つの例である。同時に出土した木簡のなかに「天平二年」（七三〇）の紀年をもつものがある。はじめ「恵我鴨天地歴」と解読されていた字句（木簡学会『木簡研究』第二一号1999、二〇一頁）を、東野治之氏が「恋我鴨天□□」とよみなおして『万葉集』巻四の六八二番歌「思ふらむ人にあらなくにねもころに心尽くして**【恋流吾毳】**」と同じく「恋ふる我かも」を書いたものではないかと推定した（「近年出土の飛鳥京と韓国の木簡」『古事記年報』四十五、2003）。ただし、「天」をどのように解釈するかをはじめとして、なお未解決なところが残されている。

これらの実在する物的徴証を並べてすなおにものを考える限り、七世紀に日本語の韻文を書くときは、当時可能であったいくつかの方法のうち、一字一音式表記を選択するのが通常であったと言わなくてはならない。日本語の韻文を書きあらわす方法は訓字主体表記よりも一字一音式表記が先行したということである。わざわざ「通常」と条件付けするのは、今後、古い時代の訓字主体表記のものが出てこないとは保証できないからである。

それでもなお議論は終わらなかった。「一枚出たからとて」論の後には、七世紀の木簡などに日本語の韻文を書いたものはいずれも「習書」である、だから稲岡説は否定されないという趣旨の発言が行われた。この論理が言おうとするのは、手習い程度のものは一字一音式表記で書かれたかもしれないが、本格的な和歌を漢字で書こうとするときには訓字主体表記が先行したということだろう。この主張は真であるとも偽であるとも証明できない。再三述べるとおり、日本語の韻文を漢字の訓よみを主体にして書いた七世紀の資料が今のところ出土していないからである。しかし、真偽の証明はできないとしても、方法論上で正しくない。先に述べたように、今私たちがみる『万葉集』の本文は後人のつくったものであるが、それと七世紀の現物そのものである出土資料とを同列に置いて比較すること自体が妥当性を欠くからである。それにしても、この発言は、稲岡説を擁護しようとしながら、その実、否定にほかならなかった。「習書」とはいえ、「国語の表記史」上で訓字主体表記が先行したという肝心な点に反する事実を承認しているからである。

この「習書だから」論は形を変え趣きを変えて次にふれる「核心部分は否定されない」論に流れ込んでいる。しかし、現在では、第一章に述べたとおり、難波宮出土の「歌木簡」を論拠として、「歌の習書」という考え方自体が大きくゆさぶられている。かねてから筆者は、出土物上に書かれた日本語の韻文を「習書」という屑籠に投げ込んで見て見ぬふりをする上代文学研究者の傾きを批判しているが、出土した木簡に「歌」の「清書」だったものがあると指摘されたのである。

今では、日本語の表記方法の歴史上で訓字主体表記が先行したという部分については、稲岡説は研究史上の使命を終えたという合意が成り立った。古めかしい言語学の用語を使えば

「共時」の問題を「通時」の問題に取り違えて扱っていたのである。近ごろ上代文学の研究者たちの間で聞かれる発言は、日本語表記史に関しては稲岡説の破綻を認めた上で「その主張の核心部分は否定されない」という類である。この「核心部分」のさすものは研究者によって異なり、同床異夢であるように見うけられるが、もし『万葉集』の和歌たちの表記に施されている文学的な表現をさしているのなら、筆者も但し書き付きで肯定する。かねてから筆者が「文字情報を歌意の表現に参加させる方法」と述べているところに包含される問題だからである。

『万葉集』に収録されている和歌たちが、つくられたときどのように書かれていたか、収録されるときどのように書かれたか、書き方が歌句の内容表現にどのように関与しているか、この問題そのものは興味深くかつ重要である。筆者は言語研究に従事する者であるから、その立場から本書でも後の章に述べるところがある。稲岡氏は今、「略体」「非略体」に替えて「詩体」という術語を用い、柿本人麻呂らの和歌の表記を漢詩と対照しながら解釈する研究をすすめている。文学運動の研究としてみるかぎり筆者も瞠目と敬服を禁じ得ない。秀峰を仰ぎ見る想いである。

●見る目をもってすなおに物をみつめよう

それにしても、先に述べたとおり、今私たちがみる『万葉集』の「人麻呂歌集」の和歌たちの表記が人麻呂自身の書いたそのものであるとは、今のところ、議論の前提とすることができない。「但し書き付きで」とはそのことである。出土物上に書かれた日本語の韻文のなかに、『万葉集』に訓字主体表記で書かれて収録されている和歌と全体が同じ歌句で、表記形態も似ているものは、発見されていない。新出の紫香楽宮木簡は、歌句が一致する可能性をもつが表記形態が異なる。再三述べるとおり、七世紀に訓字主体表記で日本語の韻文を書いた資料もみつかっていない。人麻呂自身が書いたと承認されるためには、それらの物証が不可欠である。今私たちがみる『万葉集』の字面を根拠にする限りは、どれほど言葉巧みな論述も、証明すべき対象を証明の手段にとる循環論から逃れられない。

今後、「人麻呂歌集」の表記が七世紀のものであるという立場から研究に取り組もうとする人は、百の議論の前に一つの事実の捜索に力を尽くしてほしい。もしも「(韻文が)確かに訓字主体表記された七世紀の木簡が一枚出土したら決着する」のである。歴史学者の東野治之氏は、先に述べたように歌句の一部を訓字主体表記で書いた木簡を探し当てたり、難波宮跡から出土した七世紀半ばの木簡の「奴我罷間盗以此」を日本語の文を書いたものとしてよみとる試みを行っている(『古代日本　文字のある風景』朝日新聞社２００２　四九頁)。文学研究の専門家が自身でそれをなすべきであろう。奈良文化財研究所が公開している木簡データベースをはじめ、電子媒体や写真も多く提供されて利用できる。内田賢徳氏は、坂本信幸《さかもとのぶゆき》氏、神《こう》野志隆光《のしたかみつ》氏、毛利正守氏と氏が行った座談会（「萬葉学の現況と課題」『萬葉語文研究　第2集』和泉書院２００６・５）の内容の要約（「座談会報告萬葉学の現況と課題」『いずみ通信』№34　２００６・５）に「出土木簡という、議論からは偶然でしかない出来事」という氏個人の見解を滑り込ませているが、「議論からは偶然」という氏の姿勢は「あのぶどうはすっぱい」のためしではないかと筆者は思う。「偶然」どころかあれば有難いものが実際に出てきたのである（拙稿「日本語史資料としての出土物」『日本語の研究』第四巻一号２００８・１参照）。筆者の前著『木簡による日本語書記史』の序論でふれたとおり、木簡は、一九六一年にはじめて出土したのではなく、そのとき出土したものがはじめて資料として有用と認識されたのであった。出土自体は以前からあり、遺跡から出るもろもろのゴミとして廃棄されていたと聞く。見る目を持たなければ物は物でしかない。

観音寺遺跡の「難波津の歌」木簡の出土は、ここに述べたような議論と研究の進展をもたらす契機になった。英語にmissing-linkという表現がある。ある系列上で欠けているために全体が完成しない部分をさすが、この木簡は日本語韻文の表記史上のlinkとなった。先にふれたように作成時期に関する疑問は残っているが、この木簡の出現を契機として研究者が「難波津の歌」を書いた木簡を意識するようになり、他の「歌」を書いたものを含めて多くの物証が得られるようになった。それらを徴証として解明された表記史の全体像は大筋で変更できない。

●古代の地方と東アジアとのつながり

なお、この観音寺遺跡の「難波津の歌」木簡は、地方の官人による漢字使用の実態を示す物証としても重要な価値をもつ。これについては前著『木簡による日本語書記史』の第四章で述べたので本書では詳しく述べない。要点は次のとおりである。この木簡の「奈尓波ツ尓作久矢己乃波奈」という字句は、七世紀の地方の役所で使われた万葉仮名の特徴をよく示している。略体「ツ」の使用、その「ツ」が濁音のヅにあてられていること、「作」と「久」が連合仮名《れんごうがな》の用法［→098ページ］になっていること、訓よみによる万葉仮名「矢」が意味に関係なく使われていること、いずれも、七世紀の官人たちが日常的に使っていた万葉仮名の字体と用法を示している。そして、七世紀の他の遺跡から出土した日本語の韻文を書いた木簡の万葉仮名と共通性をもつだけでなく、正倉院文書の『出雲国大税賑給歴名帳《いづものくにのたいぜいしんきゅうれきめいちょう》』（天平十一《七三九》年）や『下総国戸籍』（養老五《七二一》年）の人名に使われた万葉仮名、『万葉集』巻二十の下総国防人歌の表記に使われた万葉仮名と共通するところがある。

ただ、その後あらたに筆者が得た知見があるので付け加える。こうした地方色が認められる一方、この阿波の国の木簡に使われた万葉仮名には国際的な一面も認められるのである。それは、シンポジウムの時に和田氏から奇妙な形だと伺ったハの万葉仮名「波」の字形であ

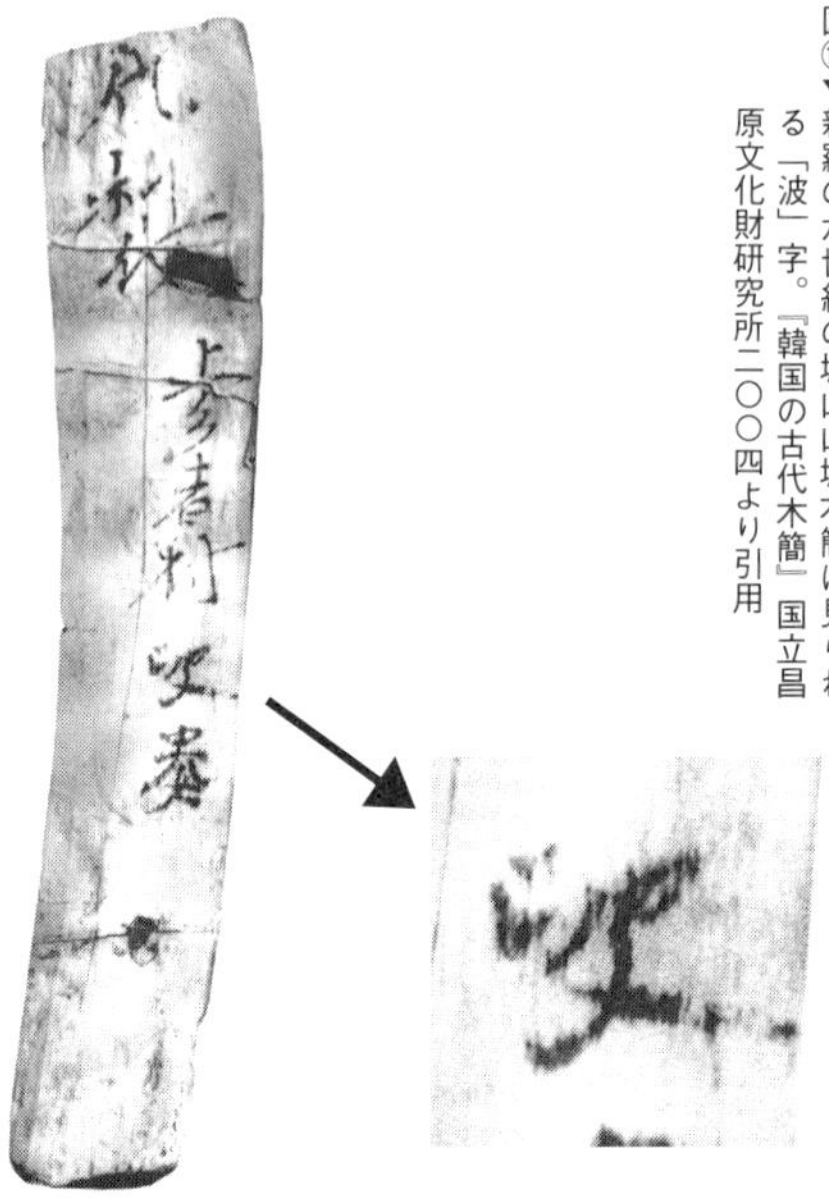

図⑭▼新羅の六世紀の城山山城木簡に見られる「波」字。『韓国の古代木簡』国立昌原文化財研究所二〇〇四より引用

る。116頁の図⑬をもう一度みていただきたい。さんずい偏が左上に片寄っている。平川南氏（「漢字を掘る・読む」国際シンポジウム「アジア地域文化学の構築」。早稲田大学21世紀COEプログラムアジア地域文化エンハンシング研究センター、2003・12・5）が、このような「波」の字形は同じ七世紀の奈良の石神遺跡の木簡にも新羅の六世紀の城山山城木簡（図⑭）にも見られると指摘している。

都と共通の書風が地方で行われていただけでなく、それは東アジア一帯に共通していたということである。平川氏は、さんずい偏が左上に片寄る書風は中国の六朝期（三世紀前半から六世紀末）の特徴であるとして、四世紀前半に書かれた「李柏文書」の例をあげている（上記シンポジウム配付資料）。同文書は、一九〇九年に本願寺中央アジア探検隊がタリム川流域で発掘したもので、紙に墨で書かれている。記事に「李柏」という武将の名があることからこの文書名が付けられ、四世紀の肉筆資料として重要視されている。これを書いたのが漢人か現地人か筆者は知識をもたないが、中国から西へ向かった漢字文化の波の一端ということになる。東へ向かった波の一端は阿波の国に流れ着いていたのである。

書道字典の類でみると、西暦四三九に始まって約百年間続いた北魏の時代のものに左上に片寄ったさんずい偏の字形が多いようである。その後の北斉や隋の時代のものにもみられる。日本では藤原京の木簡にもその傾向の字形が散見する。六〇七年に遣隋使がはじまると当時の最新の漢字の用法が輸入されるようになり、それより前に定着していた六朝期のものと次第に交替するが、七世紀のものには六朝期の書風の特徴が残っていた。

書風はそれだけで伝わるものではない。漢字の用法の一環として伝えられる。西暦七〇〇年前後の日本における漢字の用法について筆者は次のような構図を頭に描いている（拙著『漢字を飼い慣らす』人文書館２００８第五、六章参照）。七世紀までにすでに普及し一般化していた漢字の用法の体系があったところへ、七世紀に最新の中国文化の導入が朝廷の手で強力に推進されたのに伴って、新しい漢字の用法の体系を学ぶことが奨励された。その結果、七〇〇年頃には、前者の体系の上に後者が覆い被さる状態になっていた。後者は、漢字音で言えば漢音、万葉仮名で言えば画数の多い字体を使って日本語の発音と漢字音との適合を優先し発音の清濁を別の字体で書く方法である。前者は、漢字音で言えば古韓音や呉音であり、万葉仮名で言えば字体の画数の少なさを優先し清濁を区別しない書記方法である。その前者に、六朝風の書風が伴うのである。なお付け加えると、再三述べるとおり、七世紀にはハの万葉仮名として「皮」が盛んに使われた。これが「波」の略体なのか、もともと「皮」の字体で表音用法に用いられたのか、検討の余地が残っている。ここで見たような東アジア一帯で使われた六朝風の「波」の字形は「皮」に省略されやすかったのかもしれない。

第六章 「歌」の記録と和歌の表記

1.「歌」をうたう場と記録

第三章で論述したとおり、古代日本の律令国家において、都の高級貴族から地方の下級官人、防人の妻たちにいたるまで、行事の席における儀礼として「歌」をうたう機会があったと筆者は考えている。行事の席でうたうことは人類に普遍的な現象であるが、日本の律令制度の典礼の一環に「歌」が位置付けられ、官人たちは業務の一環として「歌」を筆録していた。行政文書の起草ほど毎日の仕事ではなかったとしても、官人としての職務の一つであった。第四章などに実例を示したとおり、行政文書のための習書と日本語韻文の語句の習書とが同居する状態の木簡が出土するのは、官人たちがふだんから「歌」を書く練習していた実情を示す徴証である。典礼向けの「歌」は日常的な万葉仮名を使って一字一音式表記で書かれた。そして、「歌木簡」に書かれて典礼の席に持参された。かかげられた歌句をみて参列者は口頭でうたった。

●官人たちは職務として「歌」をうたい筆録した

『万葉集』巻二十の下総国防人歌を例にとって「歌」の筆録に官人たちがどのように関与したかを想像してみよう。諸国の防人歌が『万葉集』に採録された経緯と書き手については議論があるが、通説に従い、はじめにそれぞれの国の部領使側が筆録し、採録にあたって都人による書き改めが施されたという過程を考える。前章の観音寺遺跡木簡の「難波津の歌」に関する論述でもすでにふれたとおり、下総国防人歌の万葉仮名「作」「里」「枳」は地方的な特徴を示している。『万葉集』に使われている五例の「作《さ》」のうち四つが巻二十の防人歌、それも下総国防人歌に集中してあらわれる。また「去々里(心)」(四三九〇番歌)などの「里」は古韓音によってロ乙類にあてた万葉仮名である。キ甲類の万葉仮名「枳」の集中使用も特徴的である。この「枳」は、養老五(七二一)年の下総戸籍の人名に「乎枳美《をきみ》賣」(少幡郷)などの用例があり、あまり使われない字体が同じ国の防人歌と戸籍とに共通してあらわれるのは偶然とは思われない。これらの特徴的な万葉仮名の使用は、防人たちに随行して歌句を書きとめた官人が下総の役所で継承されていた用字を保持していたからであるとすれば自然な説明になる。防人たちのなかにも識字者がいたかもしれないが、戸籍・計帳の編纂と同じく、下級の官人が主な役割をはたした可能性が大きい。『万葉集』に収録するときの大伴家持の関与については第三章の2.に述べた[→087ページ]。

●うたわれた「歌」の表記を精錬して歌集に収める

次に、柿本人麻呂の作歌をはじめとする『万葉集』の初期の和歌たちについて、「歌」としてうたわれたのち記録され、表記を改めて『万葉集』に収録されるまでの経緯を想像してみよう。その際、渡瀬昌忠氏の「歌の座」説を手がかりに用いる。万葉歌のなかに、四首あるいは四首と二首でグループをなすものが多数あり、それが「歌の座」の存在を反映するとの説がとなえられている（渡瀬昌忠『柿本人麻呂研究　島の宮の文学』桜楓社1976）。たとえば巻二の一六七番歌は柿本人麻呂がつくった日並皇子《ひなみしのみこ》のための挽歌であるが、この長歌の後に反歌が二首、一六八、一六九番歌があり、一六九番歌に「或本歌一首」として一七〇番歌が付されている。さらにその後、一七一番歌以下、同じ葬儀のために人麻呂以外の舎人たちがつくった「皇子尊宮舎人等慟傷作歌廿三首」が続く。ここで人麻呂らは、まさに典礼における官人の職務として挽歌をうたったことになる。渡瀬氏の「歌の座」説によれば、その一七〇番歌からの四首、一七一、一七二、一七三番の歌たちは「流下型」の対応をなしており、そこに日並皇子挽歌の作歌事情が伺われると言う。故人を悼む儀式のなかの「歌の座」において、人麻呂を含む四人の舎人が一定の位置をとって座し、一定の順で互いの詠歌の内容をふまえつつうたった、そのことが四首の歌句に反映していると言うのである。

しかし、一七〇〜三番歌の四首は、『万葉集』のなかでは、右にみたとおり、一つのまとまりとして配列されず、一七〇番歌と一七一番歌との間で所属する和歌群が別れている。この四首が本当に一つの「歌の座」でうたわれたとすると、今私たちがみる『万葉集』における配置は、何らかの編集が施された後の姿ということになる。それは『万葉集』に先行して存在した歌集のようなものの段階かもしれないし、「プレ『万葉集』」あるいは「現『万葉集』」が編纂された段階かもしれない。『万葉集』の編纂論は筆者のよく論ずるところではないのでこれ以上は立ち入らない。天平年間（七二九〜四九）の終わり頃に、巻十五までのある一つの形がつくられたという考え方が一般的であることを確認して先へ進もう。

もし一七〇〜三番歌の原形になった「歌」たちが一つの「歌の座」でうたわれたのなら、最初はどのように書かれていたであろうか。現『万葉集』にみる一七〇〜三番歌は、「嶋宮勾乃《の》池之《の》放鳥人目尓《に》恋而《て》池尓《に》不《ず》潜」（一七〇番歌）のように、訓字主体表記のなかでも助詞・助動詞を文字化したいわゆる「非略体表記」の姿である。まず口頭でうたわれた後に、その場で『万葉集』に今みるような形態で書きとめられた可能性は理屈の上では皆無ではない。あるいは、うたう前に今みるような整った形態で原稿を書いて用意した。またあるいは、「嶋宮勾池放鳥人目…」のような自立語に相当する漢字をならべた形態、すなわち「略体表記」の草稿を用意して現場でうたい、後に、今みるような「非略体表記」に整えて書き改めたなど、さまざまに想像できる。しかしながら、再三述べるとおり、その徴証となるようなものは七世紀の出土資料に存在しない。

七世紀末の、散文を書いた木簡は、自立語に相当する漢字を並べた態のものが多いが、滋賀県森ノ内遺跡の木簡のように日本語の構文を顕現していて「非略体表記」に似たものもある。しかし、すでにみたとおり、訓字主体表記で日本語の韻文を書いた七世紀の資料は出土していない。先にふれた長登銅山跡出土のものが非略体表記にあたるが、八世紀に入ってからのものである。東野治之氏は、藤原宮出土木簡の「雪多降而甚寒」という語句を取り上げて、正月元日の宴会で参会の役人たちをねぎらうために出される詔勅の草案の性格をもつと指摘している（『長屋王家木簡の研究』塙書房1996、八頁）。今後、そのようなもので和歌の草案と推定できる出土資料が発見されたなら、右の想像は根拠をもつことになる。今はそのような根拠がないのだから、どのように巧みに述べても「万葉歌」を証拠として「万葉歌」を論ずる循環論から脱却できないのである。

出土資料上の事実に従えば次のように考えざるを得ない。一字一音式表記の原稿を用意して現場で声に出してうたった。あるいは、声に出してうたわれた「歌」をまず一字一音式表記で書きとめた。その後に、何らかの段階で今みるような訓字主体表記に書き改めた。口頭でうたわれたのなら、まずは発音に忠実に書いたと考えるのが自然である。それには万葉仮名による一字一音式表記がふさわしい。難波宮跡から出土した「歌木簡」は、一字一音式表記のものを用意して現場でうたうときが実際にあったことを裏付ける物証である。紫香楽宮跡から出土した「あさかやまの歌」木簡は、同じ「歌」が、一字一音式で書かれた後に訓字主体表記に書き改めて『万葉集』に収録された可能性を示す物証である。日並皇子挽歌が一字一音式表記から現『万葉集』にみる訓字主体表記に書き改められたのは、どの段階かと言えば、人麻呂自身が「歌集」を編んだ時から後人による編纂時までいくつかの選択肢があるだろうが、今のところそれを論ずるには物証が欠けている。

●「褻《け》」の一字一音式表記「晴《はれ》」の訓字主体表記

ここまでに考えたところを整理しよう。律令官人たちは典礼の席における職務の一環として「歌」を書きとめていた。いつも必ず記録を残したか否かはわからないが、第三章で述べたとおり、朝廷が「うた」を収集し「歌」を管理していたことは確実である。ここでも想像をたくましくするなら、一定期間を経た後に廃棄されるもの、洗練を経て公的に採用されるもの、私的な歌集に取り入れられるものなどの選択が行われたであろう。今私たちが記紀の歌謡や『万葉集』の和歌として目にしているのは選抜されたものということになる。うたったもの、うたわれているものを、はじめに記録するときは、一字一音式表記で行ったであろう。そのとき使われた万葉仮名の特徴を繰り返せば、音仮名に訓仮名が無秩序に同居し、少数の訓よみの字も許容し、清濁を区別せず、上代特殊仮名遣いも厳密でないものである。これは、いわば使い捨ての可能性を含んだ「褻《け》」の形態である。出土資料の多くにはこの形態があらわれている。保存された「歌」たちのなかから選抜し編纂を施したとき、その書き方も「晴《はれ》」の様態に書き改められたであろう。記紀の歌謡や『万葉集』の山上憶良の和歌のように、新しい漢字音を熟知してその音よみを整然と日本語の発音にあてた一字一音式表記、あるいは、「人麻呂歌集」のように、漢詩の影響を受けた訓字主体表記に。いずれもそれぞれの漢字の中国における用法に考慮をはらった整然たる漢字使用である。さらに時代が降ってからは、『万葉集』の大伴家持の和歌たちのように、自立語に訓よみの漢字をあて付属語に万葉仮名をあてる様態も採用されるようになる。先にみた平城京東院外堀出土の木簡は、その様態の書き方が奈良時代中頃に実在したことを証明する。

2. 漢字で「歌」を書くとき和歌を書くとき

この節の論述にあたり、まず、七世紀後半、日本における漢字の用法はどのような水準に達していたか簡単に確認しておこう。

●漢字の用法と書記方法の整備状況

漢字・漢文を日本語に訓読していたのは確実である。一九七三、四年の調査で滋賀県の北

図⑮◀北大津遺跡出土木簡（木簡学会編『日本古代木簡選』岩波書店、一九九〇、一八九頁より引用）

大津遺跡から辞書様の木簡（木簡学会『日本古代木簡選』岩波書店1990、一八九頁）が出土した（図⑮）。

はじめ、下部三行目中央の「𥼠」の下を「久《ク》皮《ハ》反」という反切とみて、音義木簡と呼ばれていたものである。カという音よみを示していると解釈されたのであった。しかし、その三字目は「反」でなく「之」であって、「精」の異体字に「久《く》皮《は》之《し》」という訓を示したものとみるのがよい（平川南編『古代日本の文字世界』大修館書店2000）。他の字はまだよめないものもあるが、一行目「賛」に対して「田《た》須《す》久《く》」と訓よみを示し、二行目の「采取」は「とる」、三行目「披開」は「ひらく」という同じ訓の字による注であろう。全体に漢字の訓よみを示したものであって、おそらく音よみは記載されていない。この木簡のもとになったものは漢和辞書の類だったのであろう。示された訓のなかで一行目下の「誣」の異体字に対して「阿《あ》佐《ざ》ム《む》加《か》ム《む》移《や》母《も》」とあるのがとくに興味深い。「ム移母」は助動詞「む」と終助詞「やも」だからである。漢字の一字に付けられた訓であれば、用言の訓よみなら終止形もしくは連用形で示されるはずである。この訓は、この字そのものでなく、特定の漢文脈のなかでのこの字のよみ方、言い換えれば漢文の訓読の仕方を示していることになる。このような木簡が書かれたことは、当時、個々の漢字と訓とのひきあてが整備されていただけでなく、漢文を日本語の文として訓読することが行われていた証拠である。

　訓よみと訓読の仕方が整備されていたとすれば、日本語の文を漢字で書こうとするとき、名詞や用言の語幹は、すでにかなり自由に漢字の訓によって書けたはずである。副詞や助詞・助動詞、活用語尾の類を文字化することも技術的には可能だった。たとえば先にもふれた滋賀県森ノ内遺跡出土の手紙木簡の前半部は「椋直傳之我持往稲者馬不得故我者反来之故是汝卜卩自舟人率而可行也」と書かれている。字の順序ほとんどそのままに「椋《くら》の直《あたひ》傳ふ。我持往く稲は馬得ぬ故《ゆゑ》、我は反り来ぬ。故《かれ》、是に、汝卜卩《うらべ》、自ら舟人率て行くべし」のようによめる。係助詞「は」を「者」であらわし、助動詞「ぬ」を「不」であらわし、接続助詞「て」を「而」であらわす書き方は、七、八世紀の資料に広くみられる。どの付属語を文字化するかは一定していなかったが、必要があれば書ける状況だった。

　いわゆる宣命《せんみょう》書きもすでに行われていた。先にもふれた［↓114ページ］一九九七年の発掘で出土した飛鳥池遺跡の木簡の一つに「世牟止言而□／桔本止飛鳥寺」とある（奈良文化財研究所『飛鳥藤原京木簡一―飛鳥池・山田寺木簡』木簡番号九四五）。ただし、八世紀の整然とした宣命書きでは、名詞や用言の語幹を漢字の訓よみで書き、付属語と活用語尾の一部を万葉仮名で書くが、七世紀には様式が確立していなかったらしい。この木簡でも一行目は動詞と助動詞と助詞の連鎖「せむと」を「世牟止」と万葉仮名で書く一方、動詞「言」につづく接続助詞「て」を「而」の訓よみで書いている。二行目の「止」は助詞「と」の宣命小字書きの形になっている。なお、「桔」は「橘」の俗字である。

しかしそれらは散文を書こうとしたときの状況である。七世紀後半に韻文を書こうとしたときは、技術的には漢字の訓よみを使う方法が可能であったにもかかわらず、一字一音式表記が選択されたこと、これまでに例をあげ言葉を尽くして述べてきたとおりである。

●目で見て楽しむ迂回的表記

第四章で正倉院文書の写経所文書紙背に「なりにけるかも」という語句が「成鴨」と書かれている例〔↓112ページ〕、第五章で長登銅山跡から出土した木簡に書かれている字句の「鴨」が「かも」とよまれる可能性にふれた〔↓128ページ〕。「鴨」の訓カモを利用して終助詞「かも」にあてるのは、いわば「文学的な表記」である。漢字が視覚上で語形以外の情報をもたらす効果を意識的にねらっている。訓字主体表記にはこのような仕掛けが随所に施されている。八世紀にこの方法が開発されたことについてまとめて考えてみよう。

およそ『万葉集』の「人麻呂作歌」や「人麻呂歌集歌」の訓字主体表記、なかでも「略体表記」をみるにつけ、視覚的に楽しむことができる一方、それをみて一定の語形のうたい方を再現できたとは思えない。たとえば巻十一の二三九三番歌などの「惻隠」をみて「ねもころ」と訓よみするようなことが、当時、書き手自身以外の多くの人に期待できたのか。すでに歌句をそらんじている人なら、漢語「惻隠」に関する素養から推測して、書き手の意図した日本語を理解することができたかもしれないが、初見で多くの人がどのようによむのかわかったとは思えない。なぜこのような表記形態をとったのか。

この疑問は、そもそも『万葉集』の和歌たちは声に出してうたうものだったのかという根本的な問題につながる。これについて筆者は次の解を与える。前節に考察したように、うたわれた「歌」がまず一字一音式表記で記録されて残った。それをもとにして歌集が編まれ、「歌」だったものが和歌に昇華した。歌集に収録される際、訓字主体表記に改められた。そのとき、口頭でうたわれていた「歌」たちは、視覚を通して享受する「文字の文学」へ変容した。

たとえば『万葉集』に使われている漢字「是」の用法をみると、巻十九の四二五三番歌の「君尓於是相（君にここに相《あ》ひ）」などのように、漢字の本来の指示用法で日本語「ここ」にあてられた例もあるが、次のように、漢字から書きあらわされた日本語にたどりつくのに迂回を強要される例がある。巻四の六二〇番歌の「如是念二（かかる念ひに）」などの用例は、二字からなる漢語の熟語「如是」を書いて「かかる」の訓よみを求めたものである。読み手はこの二字漢語に関する素養をもとにして文意を理解することになる。漢籍で「このように」の意で用いられるという知識をもたない人は「かかる」の訓よみを思い付かない。これは声を楽しむ領域には属さず、読解の領域である。さらに、巻十一の二四二七番歌などの「是川（うぢがは）」は、江戸時代に春登《しゅんと》上人の『万葉集訓義弁証』が指摘したように、「是」と「氏」との音よみの通用から「氏」と同訓の「宇治」を引き出す趣向である。「是川」が「宇治川」を指すと理解するには、まず漢字音の知識を備えた上で、この和歌の前後に配列された数首を見て、この一首の次に配列された二四二八番歌の「千早人宇治度（ちはやひと宇治のわたりの）…」などを手がかりにして、ようやくわかる仕掛けである。もしこの一首の表記を単独で提示されたなら、あらかじめ歌句を知っていなければ「うぢかは」とはよめなかったであろう。

　こうした迂回的な表記は『古事記』にはない。『古事記』も漢語による潤色を行っている。たとえば、中川ゆかり氏の指摘によれば、「をとこ」に一般的な「壮士」でなく漢訳仏典の語彙「壮夫」をあてているのは「若々しく、霊力に満ちた男性」をとくに示すためである（「神話の記述にみられる文字表現」『古事記年報　三一』１９８９）。また、仲哀天皇の突然の崩御に接した臣下の態度には「驚懼《おどろきおぢて》」をあてている。この『古事記』で唯一の使用例は、読み手に強い印象を与えるであろう（拙稿「文字からみた古事記　漢字使用と言語とのあいだ」『古事記を読む』（歴史と古典）吉川弘文館２００８）。そのように、『古事記』にも読み手の漢語に関する素養を前提にして書かれているところが随所にある。しかし、それらの潤色は、ことがらの読解に困難をもたらさない範囲内で、文脈上の意味をより詳しく表現するために行われている。ことの次第に関しては、漢字の字体と訓よみとを一対一で対応させる方針で書かれていて、一元的かつ効率的に理解できるようになっている。

迂回的な表記は、長登銅山木簡の「かも」に「鴨」をあてるような趣向を土台にして、『万葉集』の編纂者が文学的な志向のもとに開発したものであろう。通常は一首全体が読めるように書いた中に迂回的な表記を趣向として交えるのだが、度が過ぎてしまって読めなくなったものが、いわゆる難訓歌ということになる。先に第一章でふれた難波宮跡の「歌木簡」に関する新聞記事のうち、舘野和己氏の「斬新な表記法を使い、読んでみろと挑発したのかもしれない」という認識は、今私たちがみる『万葉集』の「人麻呂作歌」「人麻呂歌集歌」が人麻呂自身が書いた字面そのものと認められるか否かという肝心な問題をさておけば、筆者がここに述べているところと一致する。迂回的表記を見せて「読んでみろと挑発した」というのである。日本語の韻文を一字一音式表記で書くのが常識だったとき、このような漢字の意味表示機能を全開した試みは、知的エリートの中でも限られた人たちにしか通用しなかったはずである。

●漢詩の表現を和歌に取り入れる

人麻呂らの活動時期に並行する時期、あるいはやや先立つ時期に、日本でも貴族たちの間で漢詩をつくる試みが行われた。第三章の1．でふれた『古今和歌集』の真名序に「自大津皇子之、初作詩賦、詞人才子、慕風継塵、移彼漢家之字、化日域之俗、民業一改、和歌漸衰」と書かれている事情である。漢詩集『懐風藻《かいふうそう》』はその跡とみることができる。これも、律令体制の文化面整備の過程で行われて当然のことであった。中国において漢詩が人士の素養たるをまねたのである。官人たちが漢詩を学んだ徴証となる木簡も、日本語の韻文を書いたものよりさらに少ないが、出土している。たとえば二条大路木簡の「山東山南落葉錦　巌上巌下白雲深　独対他郷菊花酒　破涙漸慰失侶心」には押韻がある（木簡学会『日本古代木簡集成』東京大学出版会2003に木簡番号438として写真と釈文掲載）。「うた」を「歌」に昇華する過程、さらに「歌」を和歌に昇華する過程では、このようにして学んだ漢詩の表現が取り入れられたのは間違いない。形式の上でも、先にも述べたとおり、五、七の歌句の繰り返しは漢詩の形式と無関係とは思われない。漢詩の外面的な形態が和歌たちを書く漢字列の外形に影響を与えた可能性も大きい。先に第五章であげた巻一の四八番歌「東野炎立所見而反見為者月西渡」

を典型として、合計十四字に書かれたものが目立つのも、七言二句を意識した結果かもしれない。

先に第一章でとりあげた難波宮跡出土の「歌木簡」に関して、中西進氏は、朝日新聞の同年十月十四日夕刊の記事で「一語、一語を大事にする和歌は、大ざっぱな漢字などでは書き表せるものではない。かりに春草、初め、年という漢字を知っていても、それは和歌を書きとめるための道具としては、二次的なものだ。その上で天平時代には和歌を漢詩ふうに書いて楽しんだ（傍点は本書の筆者）」と述べている。右記の筆者のかねてからの指摘は、この見解と軌を一にする。

それにしても漢詩を書いた木簡の出土は少ない。中国文化を学ぶことが奨励されていたのだから、もっと書かれていても良いようにも思われるが、官人たちはほとんど書かなかった。そのわけは、習得に相当の学力を要し日頃の業務に必要がなかったからである（東野治之『木簡が語る日本の古代』同時代ライブラリー319岩波書店1998）。それに比べると、「歌」をつくり書くことは官人としての業務に含まれていたので、書かれる機会が多かったと理解することができる。

●文字の文学

念のために述べておこう。口頭でうたわれた「歌」たちから、視覚を通して享受する「文字の文学」へ変容したと言っても、その中身はあくまで日本語の韻文である。人の前で声に出してうたう目的から私的に読んで楽しむ目的に変わっても、読んだ人の頭のなかに鳴り響くのは歌句である。言語学の用語で言えば「外言 external speech」としてうたわれたものが脳内で「内言 internal speech」として活性化されるのである。およそ文字は、音声言語を視覚的な媒体に置き換えたものではなく、平面図形に言語情報を貯蔵しているものである。人は文字を見て語の発音と意味を脳内で活性化させる。それを声として発音するには、音声器官という再生装置を通して物理的な音をつくる。

声に出してうたうには表音文字(phonogram)の方が発音の活性化に要するコスト(cost)が小さい。だから「歌」は一字一音式表記で書かれたと考えるのが合理的である。万葉仮名の連鎖をどのように区切ってよむかという問題があるが、韻文なので五、七の定型が支えになる。それに対して、訓字主体表記は漢字を訓よみして発音を活性化する過程でコストがかかる。七、八世紀の日本の漢字は、字体と音よみ訓よみとの対応が複数対複数の関係だったからである。書かれているのが歌句である以上、声に出してうたおうとすればうたえることがたてまえになる。使用する漢字の字体を制限し、訓よみのなかで一般的なものを採用して、発音も意味も小さいコストで活性化できるように表記すれば良いのだが、『万葉集』にはそれに反してわざわざコストを強いる表記が見られる。これを筆者は、歌句の発音と意味に到達するまでの道筋であえて迂回を楽しませる仕掛けを書き手が施したとみて、「文字の文学」と称するのである。

●訓よみを使って書くと歌句の意味と発音とがあらわされる

右にかかわって、「漢字は表語文字《ひょうごもじ》である」ことを説明しておきたい。表意文字という用語から、漢字で歌句を書きあらわすとき発音に関係なく意味が表示されるような誤解に読者が陥らないためである。本書でこれまでに「漢字の訓よみによる用法」などと記述してきたところは、言語研究の専門用語を使えば「漢字の表語文字としての用法」とするべきものである。漢字は表意文字ではなく表語文字であるという認識は、文字を専門に取り扱う言語研究者の間で、半世紀前に合意されている。興味をひかれた読者は、河野六郎氏の「諧聲文字論」（『河野六郎著作集3』平凡社1980、原文の公刊は1957）を読むようにおすすめする。本書の筆者の論述（『上代文字言語の研究【増補版】』笠間書院2005の「序論」、『文字・表記探求法』朝倉書店2002）もある。要点は、漢字は一つの字が一つの語の意味と発音との両方をあらわすということである。

いまだに表語文字（logogram）という用語はワープロの類に登録されていない。一般には辞書に登録されている表意文字（ideogram）という用語が使われるが、発音と無関係に意味だけをあらわす文字は原理的にあり得ないので、学術上では使わないようにした方が良い。文字を取り扱う研究者のなかにも「表意文字」という用語を使う人があるが、わかっていて一般向けにわかりやすいよう配慮しているのである。漢字のような表語文字を使って文を書きあらわす書き方をword-syllabic systemと呼ぶ。一つの字が一音節の語をあらわすからである。ローマ字やハングルを使うのはalphabetic systemと呼ぶ。一つの字が一つの子音や母音をあらわすからである。語は複数の字の連鎖であらわされ、一つの連鎖が語の意味と発音をあらわす。英語の冠詞「a」などは、たまたま連鎖が一字でおわる場合である。仮名を使うのはsyllabic systemと呼ぶ。一つの字が一つの音節をあらわすからである。語は、やはり、複数の字の連鎖であらわされる。本書で言う万葉仮名による一字一音式表記はこれに分類してほぼ問題ない。

表語文字である漢字は、個々の字体が語の意味と発音との両方の情報を貯蔵しているので、歌句を漢字の訓よみで書くと、歌句を構成する語の意味とともに必ず訓よみをつらねた語形が表示されていることになる。しかし、先の段落に述べたように、字体と訓よみとの間に一対一の対応が確立していなければ、脳内で複数の訓よみを検索して歌句の発音を活性化するのにコストがかかる。それに対して、表音文字は、その言語の話者であれば、見ておおよそ同一の発音ができる。日本の万葉仮名も七世紀には官人たちに普及していたから、一字一音式表記で書かれたものを見て多くの人が初見で歌句の発音を活性化できたはずである。

言うまでもないが、声に出してうたうには表音文字の方がコストが小さいと言っても、録音とは自ずと違う。歌句の語形が直接的にわかるということである。うたうことはそれだけではできない。歌唱は歌句の語形に旋律を付け声の音色の表現を工夫してはじめて実現する。この事情は音程が楽譜で指示される現代の歌曲も変わるところはない。先人から伝えられ習得した様式をもとに、メロディーを付け、歌い手個人の力量で音声上の表現を施して、はじめて可能になる。それは言語でなく芸能に属する問題である。典礼の席上、万葉仮名で書かれた「歌」たちは、一定の音楽様式に則り、かつ、その場で口頭表現の工夫を施されて、声となったであろう。

以上、文字に関する一般論や内言と外言、さらには歌唱のあり方に字数を費やしたのは理由がある。『万葉集』の表記を論じた（実は論じたつもりの）ものに、こうした基礎知識をわきまえない議論がしばしばみられ、研究全体の進展を妨げているからである。表音文字は発音をあらわし表意文字は意味をあらわすという旧弊な認識でものを考える人は、表音文字で書いても表語文字で書いても書きあらわされるのは語の語形と意味との両方であることが理解できない。そしてそのような人は、歌句が言語としてもつ意味と、文学作品としてもつ表現的な意味と、声を出してうたうときの表現とを整理して考えない。

一例をあげよう。品田悦一《しなだよしかず》氏に「表音的に語形を記すことはできても、その語形は具体的なこの声、あの声を伝えてはくれない。音仮名主体の書式なら容易に歌が書けたはずだと考えるのは、歌がもともと書かれるものだったと考えるのと同じことです」という発言がある（「漢字と『万葉集』」『古典日本語の世界―漢字がつくる日本―』東京大学出版会２００７）。前半の文は当たり前のことを言っているが、それが、いかなる論理をもってすれば後半の文の根拠になるのか。後半の文の提題と述部とは、いかなる論理をもってすれば同一関係が成り立つのか。そして、後半の文で言う『歌』とは、言語としての歌句、文学作品としての歌句、口頭でうたうときの歌句の音声表現の、いずれをさしているのか。おそらく氏自身整理ができていないであろう。そしてこれを「論拠」として氏は「稲岡説の核心部分は否定されない」と主張し、「略体歌」は歌詞を覚え込むための台本であったとの仮説を示す。考えるのは自由であるが、この議論の仕方は科学の名に値しない。第五章でふれた「歌の文字化論争」は、こうした空回りをくり返しては非生産的な時間を費やしたのであった。なお、品田氏の記述は先行研究の扱い方が全体にずさんである。右の「音仮名主体の書式なら容易に歌が書けたはず」も、誰の発言なのか、読者がわかるように記述されていない。氏は引用文献中に筆者の前著をあげているが、このようなことを書いていない。おそらく筆者を含む何人かの発言を氏が恣意的にまとめあげたのであろう。また、「精錬」という用語は筆者の考え方のキーワードであるが、これを氏は、引用なしに、「　」に入れることさえせずに使っている。学術論文の基本的なルールに反する。注意を喚起して本筋にもどろう。

●文字情報を歌意の表現に参加させる

訓字主体表記は、発音の活性化に遅滞が生ずるだけでなく、視覚を通して意味が活性化されるとき、歌句の意味が漢字によって枠にはめられ固定化する。その結果、口頭の言語のもっている意味の幅と柔らかさが失われるが、一方で、書くために使われる漢字のもつ字義が、書かれた歌句のもつ意味に付け加えるところも生ずる。

文字は、しばしば、対応する音声言語がもっていない言語的な情報を付加的に表現する。このように抽象的に述べるとわかりにくいであろうが、たとえば蕎麦屋ののれんに書かれている変体仮名の「」という字はソバという発音だけでなく蕎麦の意味を付け加えてあらわしている。仮名は表音文字であるから「」「」という字は本来はそれぞれソ、ハという音節をあらわす。それが変体仮名という特殊な形で書かれ蕎麦屋ののれんという特定の場面に使われることによって、事実上、漢字の「蕎麦」と同じ意味をあらわしているのである。

奈良時代人が和歌を漢字で書くときにも本質的に同じことが行われた。

中国周辺の諸国の言語は、文字をもっていなかったので、漢字を取り入れて自国語を書きあらわそうとした。そのとき共通の現象が生じた。漢字と自国語の語形とを結び付けて使うようになる。日本では訓よみである。すると、漢字を読む人の脳内には、視覚を通して二重の情報がもたらされる。漢字の字形がもたらす漢語としての字義と、その漢字に付与された自国語の語形がもたらす語義とである。たとえば朝廷の領地をさす「みの」を「御野」と書くのは字の意味通りの訓よみによる用法であるが、万葉仮名を使って表音的に「美濃」と書くようにしたとき、ミノという語形の地名をあらわすことに加えて「美」「濃」のもつ字としての意味が意識されなかったとは思えない。七、八世紀日本の教養人たちは、そのような二重性を活用することに気付いたのであろう。先にあげた漢語「如是」を書いて「かかる」の訓よみを求める表記には、ただ「かかる」とよませたいだけでなく漢語としての意味用法の表現が込められていると考えて良い。これが筆者の言う「文字情報を歌意の表現に参加させる方法」である。

およそ日本の文学作品は、執筆するとき語をどのように文字で書くか選択の余地に常にさらされる。字面が文章の表現する意味内容に参加している場合が多い。たとえば「漢」と書いて「おとこ」の訓よみを要求するようなことは現代小説にもよく目にする。この方法の本質は広く一般化できる。『古事記』は、同母の血縁を示す接頭辞「いろ」を、万葉仮名で「伊呂」と書いたり訓よみで「同母」と書いたりしている。それらのあらわれている文脈を観察すると、万葉仮名で書かれた用例は血縁関係からくる兄弟姉妹のきずなを強調し、漢字を訓よみする用例は法的・論理的な血縁関係を強調していて、書き方の違いが一種の注釈のはたらきをしている（拙著『上代文字言語の研究』第三部第三章参照）。このような現象を敷延すれば、ローマ字列のイタリック体使用や、英語の「night」と「knight」の区別などの現象につながる。示す語形は同じであっても、目からもたらされる情報としては異なる付加的な意味を表現する方法である。『万葉集』の訓字主体表記における漢字の用法は、この人類普遍のなかに位置付けられる。

●付属語の文字化は事態・情意の表現のために行われた

なお、訓字主体表記のなかの「非略体表記」において付属語や活用語尾が文字化された理由も、和歌の歌句の発音をあらわすためではなく、視覚による情報付加の観点から説明される。すでに述べたとおり、漢字には付属語にあたるものがほとんどない。中国語の文法はいわゆる孤立語であって、古代にはその性格が徹底していた。日本語は付属語や用言の活用形で繊細な表現をする。そこで、日本語で発想した文を漢字で書こうとすると、事柄の内容は表現できても、その事柄に対する人の態度や感情、あるいは時間的な関係の認識など、事態・情意の水準を詳しく表現することができない。たとえば「花咲」とだけ書けば、一般的に花が咲く、特定の花が咲いた、あるいはこれから咲くなど幾通りにも理解し得る。これに「花咲者」と一字付け加えただけでも「花咲くは」「花咲けば」のように読解の詳しさが格段に違ってくる。このように、付属語を文字で表示したのは、口頭で日本語として音声化するためではなく、事態・情意の水準の情報を視覚を通して伝えるためであった。先に使った概念をここでも用いると、「外言」化する目的で付属語を表示したのでなく、「内言」において歌句と構文を理解するためであった。韻文を書くにはそれが必要だったのだ。同じ時代の文書行政に用いられた木簡の多くには付属語の明示は不要だった。毎度お定まりの用件をいつもの相手に伝えるには事柄の表示のみで充分だからである。文を書く技術の発達段階が自立語を羅列する水準にしか達していなかったわけではない。

第七章

五重塔の天井に書かれた「難波津の歌」と和歌

　ところで、「難波津の歌」が書かれたのは木簡や土器やかわらの上だけでない。奈良の法隆寺五重塔の解体修理が行われたとき、昭和二十二（一九四七）年に、初層の天井の組み木に数カ所墨で文字が書かれているのが発見された。天井の裏板に覆われて風化せずに残ったのである。その一つが、赤外線写真を使って調査した結果、次頁の図⑯のように万葉仮名が書き散らされていると判明した。

●寺院の材に「歌」を書いた動機

　この「奈尓波都尓佐久夜己」という万葉仮名の列は、「難波津の歌」の初句「なにはつにさくやこ〔のはなふゆこもり〕」にあたる。他の大小の字もこの歌句の一部にあたるとみて矛盾がない。発見当時は「落書き」とみなされたが、本書の考え方によれば典礼にかかわる遺物である。落書きと呼ぶとしても、ただの遊びではなく祈りを込めて書かれたものである。

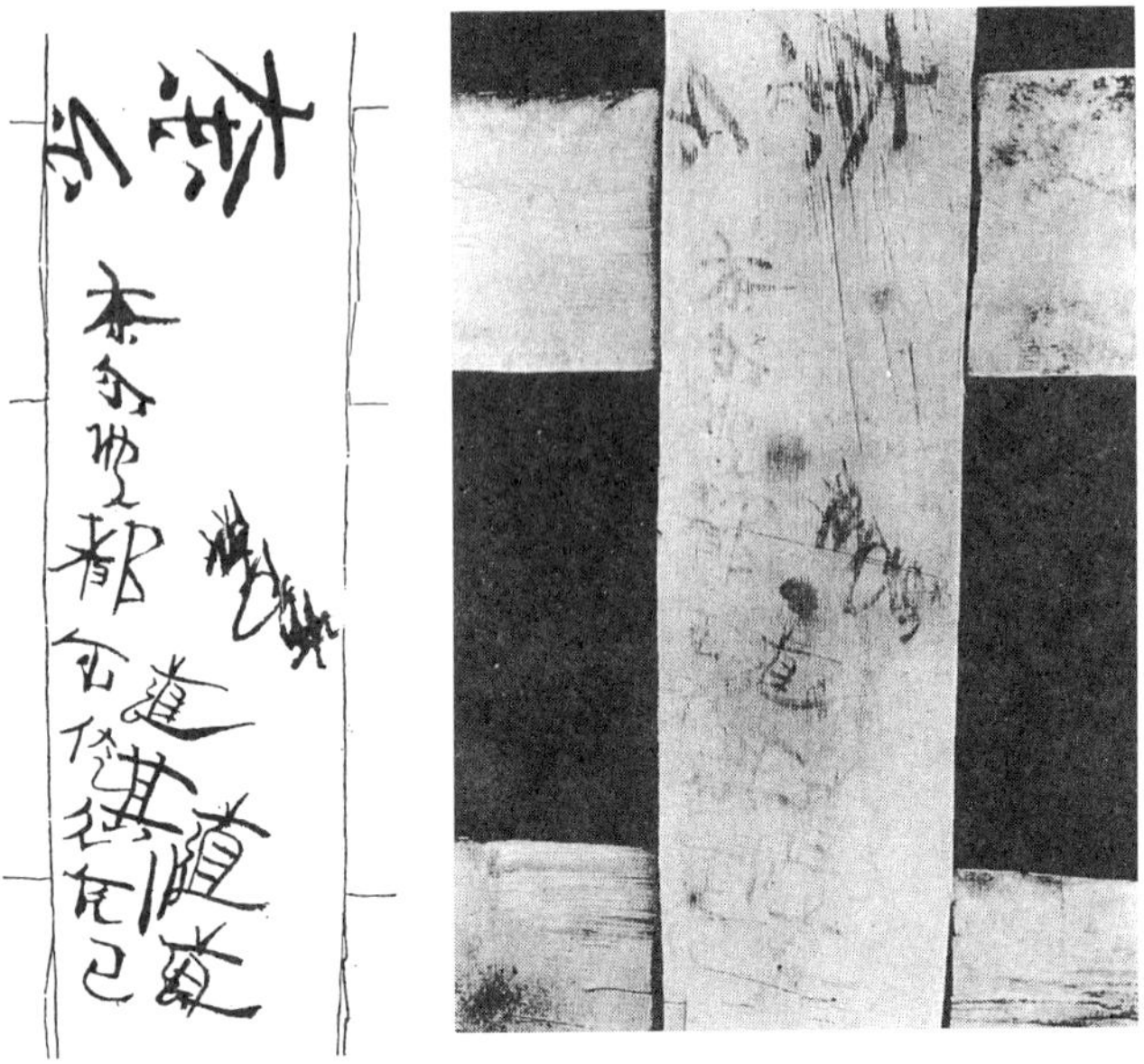

図⑯▲法隆寺五重塔の天井に書かれた「難波津の歌」（福山敏男『日本建築史続篇』二十二頁より引用）

これはいつ書かれたものか。確証はないが、和銅四(七一一)年以前と考えてまず間違いない。法隆寺は推古天皇の十五(六〇七)年に建てられたが、天智天皇の九(六七〇)年に全焼したと『日本書紀』に記事がある。再建工事が終わって完成の法要が行われたのが和銅四年である。その工事の最中に書かれてそのまま残ったのであろう。解体修理時の観察記録によると、天井の材を組んでから文字を書いたものではない。原木を割って手斧で削った材が並べられている状態で書き入れたように見えたという(荒木田楠千代「法隆寺五重塔に見える難波津の歌」『国語と国文学』二五巻一二号、1948・12)。福山敏男氏は「…仕上げもすみ、仕口も作り、組入天井を造りつける前に削りたての木肌の清新さに誘惑された工匠たちによって思い思いに試みられた落書きであろう」と述べている(「法隆寺五重塔の落書の和歌」『日本建築史研究　続編』墨水書房1971論文初出は1953)。本書の趣旨から考えても、この時期に書き込まれたとみるのは納得がいく。

これを書いたのは誰か。このようなところに書くことができたのは、工事にあたった匠たちの仕業とみてまず間違いない。広くみても造寺を担当した役所の関係者である。漢字を使って日本語の韻文を書くことは、七世紀以来、大伴旅人や家持のような上級貴族や柿本人麻呂のような特別な教養人でなくても、ふつうに行われていた。五重塔の工事にあたった匠たちも、当時にあっては国家公務員の技術職であるから、文字を書く技術を習得していたし、五七五七七の形式も知っていただろう。

ただ、国家行事として建造された寺院の材に文字を書き入れるとはどういうことか。遺物に落書きが発見されるのは常のことで、この法隆寺五重塔の解体でも右の他に種々の絵や文字が発見されたそうである。「難波津の歌」の他に、同じ材に「直」などの字も書かれ、他の材には「白之」「賜之」などの字も書かれているので、手すさびだとか漢字の練習とみなされがちなのであるが、木簡のような使い捨てのものとは異なり、五重塔が完成すれば永く残ることになる材である。しかも、材が並べられているときに文字が書かれたのなら、半ば公然と行われたことになる。工事関係者がそれを意識しなかったはずはない。先に紹介した建物の安泰を祈願してわざとする瑕瑾の類という考え方が、やはりあてはまるかもしれない。

書かれているのが「難波津の歌」の歌句であるのは、本書の趣旨に照らして自然なことである。第二章にみたとおり、「難波津の歌」に関して、『古今和歌集』の仮名序は「なにはづのうたは、みかどのおほむはじめなり」と述べている。日本最初の勅撰和歌集の序文の記述中で、公的な天皇讃歌の最初のものとされているのである。そして、再三述べたとおり、七、八世紀を通じて「難波津の歌」は汎用性の高い典礼向けの「歌」であった。それを寺院の天井の材に書いたのは、やはり祝いの意味を込めてのことではなかったか。平成十年に平城京跡の朱雀門が再建されたとき、現地の奈良文化財研究所で開催される木簡学会研究集会の席上、参加した会員が木切れに名を墨で書き、天井裏におさめた。これに似た事情を筆者は考える。

正倉院文書や木簡のなかにも落書きがある。木簡に漢字を練習したものは数多い。第四章であげたように漢文の書簡の文言と「難波津の歌」の歌句が一緒に書かれた木簡もある。絵の落書きも正倉院文書や木簡や土器にある。それら使い捨てのものと、この材に書かれたものとは、同列に置いて扱うことができないであろう。出土物や正倉院文書にみられる絵も、単なる落書きと呪術的な意味をもつものとを区別して考える必要がある。たとえば、各地から出土する土器に人面を画いたものについて、平川南氏は「邪気を封じ込め、水に流して厄払いした」という考え方を示している（『日本の歴史二　日本の原像』小学館２００８）。

●醍醐寺五重塔の天井板にも和歌が書かれていた

寺院の天井の材に歌句を書いた例は他にもある。京都の醍醐寺五重塔の修理中、天井板に発見されたもので、昭和三十一（一九五六）年に公表された。伊東卓治氏は、使われている片仮名の字体から天暦五（九五一）年建立当時のものと推定している（「醍醐寺五重塔天井板の落書」『美術史』二四、美術史学会１９５７・３）。遠藤嘉基氏も、その時代のものとみて差し支えないとの見解を述べている（「醍醐寺五重塔の落書」『国語国文』二五巻六号１９５６・６）。

書かれている歌句の文字は解読に諸説あって定まっていないが、伊東卓治氏の説に従えば、

図⑰▲醍醐寺五重塔天井板の歌句①「カスナラヌミヲ～」
（『MUSEUM』124号、東京国立博物館、1960より引用）

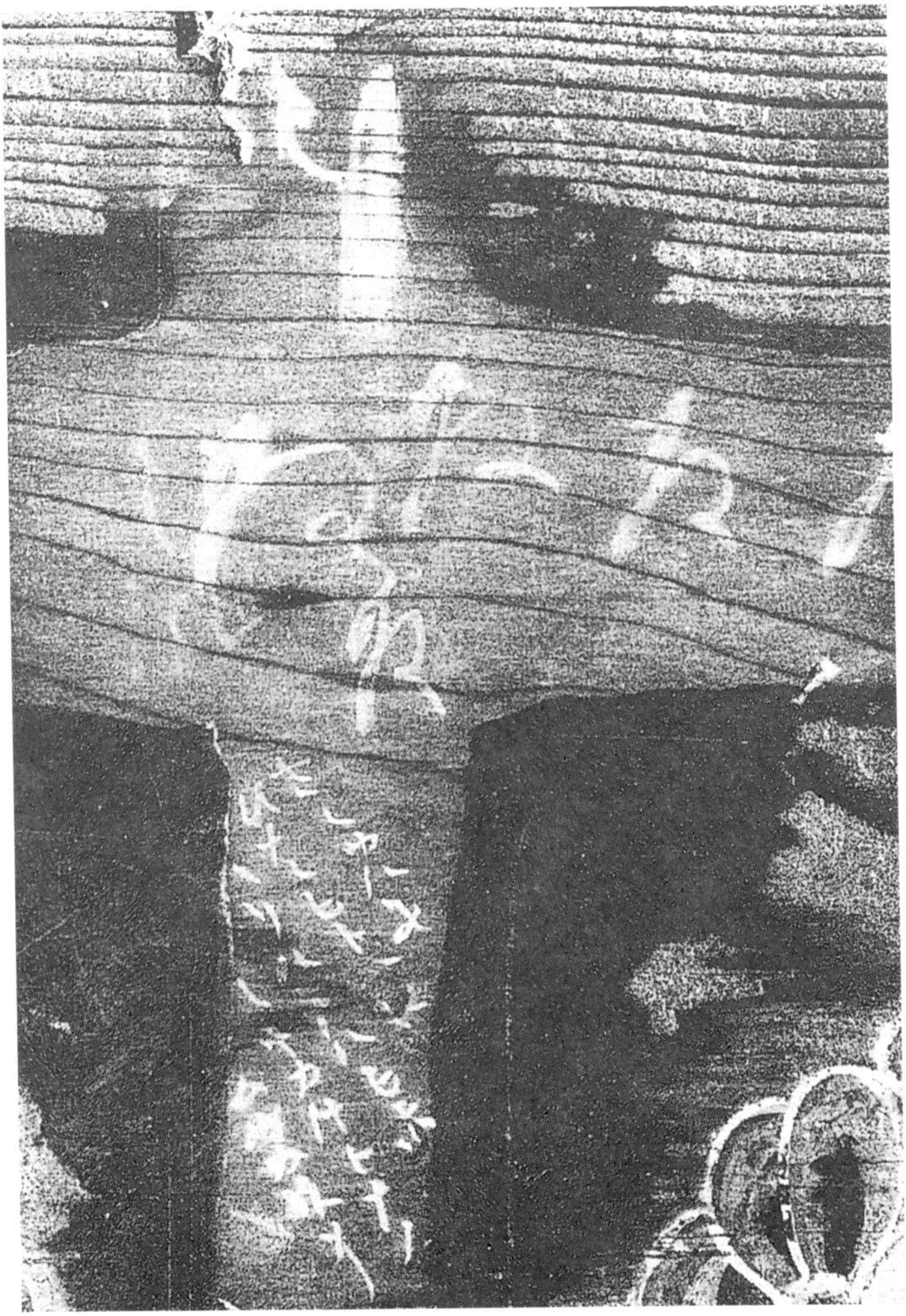

図⑱▲醍醐寺五重塔天井板の歌句②「サシカハス〜」
（『MUSEUM』124号、東京国立博物館、1960より引用）

図⑲▲醍醐寺五重塔天井板の歌句③
右「あふことの～」／左「ひさにこぬ～」
（『美術史』二四、美術史学会、1957より引用）

片仮名で書かれたもの三首、平仮名で書かれたもの二首は、左のようになる（／は改行を示す。以下同じ）。この他にも字が書かれているが、本書では取り扱わない。

カスナラヌミチ／ウチカハノアシロニハ／オホクノヒチ、ワ／ツラハスカナ
キノフコソフチ／□□□テヱマレシカ／ケフハニクケニカケ／ノミ江ツル
サシカハス／江タシヒトツニ／ナリハテハヒサ／シキカケトタノ／ムハカリソ

ひさにこぬひとを／まつちのたまの／みつすますかに／もみ江ぬなる／らし
あふことのあけ《は》ぬなからにあけぬれ／はわれこそかへれこころやはゆく

片仮名のは胡粉で書かれ、書いたあと材で覆われていた。胡粉を使っていることからみて装飾を担当した匠の仕業であろう。伊東氏は周囲の文様と同じ線質がみられると述べている（「醍醐寺五重塔発見の仮名」『ＭＵＳＥＵＭ』１２４号、東京国立博物館 Sept. １９６０）。装飾する文様を描きながら歌句を書いたことになる。平仮名のは墨で書かれ、組み格子のかげになってホコリに覆われていた。書き手は、あわせて四人ないし五人の筆と伊東氏は推定している。

片仮名書きの最初の一首の歌句は『拾遺和歌集』の巻十三（恋三）の八四三番歌「数なら

ぬ身を宇治川の網代木におほくの日をもすぐしつるかな」とほぼ同文である。また平仮名書きの二首目は『伊勢集』に五一番歌として収録されている「逢ふことのあはぬ夜ながら明けぬれば我こそ帰れ心やは行く」とほとんど一致する。この本文は『国歌大観』の西本願寺本三十六人集『伊勢集』（石山切）によるが、流布本では第二句が「あけぬよながら」であり、醍醐寺五重塔のものの七字目「け」に「は」の異文が示されていることも一致する。伊東氏は、「歌作の出来からすると…この落書の訂正（の本文）が一番いい」と批評している。

『拾遺和歌集』の成立は寛弘二～四（一〇〇五～七）年、伊勢の没年は一説に天慶二（九三九）年とされる。このことは、先に第二章の1．でふれたとおり［↓049ページ］、本書の趣旨にとって重要である。世に流布していた「歌」（平安時代には和歌）が採取され、編纂を経て歌集に収録されたという経緯を想定するわけであるが、これらの歌句が天井の材に書かれていることは、十世紀半ばに、この歌句の和歌が実際に世に流布していた物証になる。歌句が流動しながら人々の口にのぼせられていたうちの一つが『拾遺和歌集』や『伊勢集』に採録されたのである。

この二首の他は今まで知られている歌集中の和歌と一致しないが、これらの歌句の内容は、後に詳しく検討するとおり、五首ともに個人的な恋愛感情の表現にみえる。「難波津の歌」のような祝いの歌句ではない。

●法隆寺と醍醐寺の事例の共通点と相違点……歌集とは別の「歌」の世界

醍醐寺の事例は法隆寺のと無関係であろうか。もちろん典礼向けの歌句と恋歌との違いはある。しかし、使い捨ての木切れなどでなく永く残るはずの天井板に書かれたことの背後に、このようなふるまいが特別でなかったという共通の事情がありはしないか。言い換えると、このようなところに日本語の韻文を書く慣習ないしは伝統に従った営みだったのではないか。わざとする瑕瑾という考え方はすでに述べた[↓088ページ]。そして、「歌」や和歌が、寺院の工事という、文学作品を享受する場とは遠いところにあらわれていること、書き手が特別な貴族や教養人でないことは、「歌木簡」とつながるであろう。典礼の席に「歌」を書いて持参してうたう慣習があったとすれば、その「歌」を典礼の対象となる建造物やその場で用いる器物に祈りを込めて書くという発想が生じても不自然でない。

それでは、法隆寺五重塔に書かれた、典礼向けの「難波津の歌」と、醍醐寺五重塔に書かれた、和歌集にも収録されている恋歌との違いを、どのように説明すべきか。この問いを別の観点からとらえなおすと、このようなところ書かれている「歌」や和歌と、歌集に収録されている和歌との関係は、どのようなものかという問題になる。「難波津の歌」は、『古今和歌集』の仮名序で特別あつかいされている「歌」であるが、歌集の本文を構成する和歌の一首としては収録されていない。第四章に概観したとおり、木簡などには「難波津の歌」以外の「歌」あるいは「うた」も書かれているが、『万葉集』に収録されている和歌と一致する歌句のものが出てきたのは紫香楽宮の「あさかやまの歌」がはじめてである。そのはじめての例も、木簡と『万葉集』とでは表記の形態が異なっている。歌集とは別のところに「歌」の世界があったと考えなくてはならない。

それでは、歌集とは別の「歌」の世界とは何か。以下の章に筆者の考えを展開するが、その趣旨は次のとおりである。第三章に述べたように、日本の和歌の起源は、朝廷が中国の詩、なかでも楽府にならって「歌」をつくらせた文化政策にあった。在来の個人的・地方的な「うた」を素材にして典礼向きに整備した「歌」が、七世紀後半以来、各種レベルの役所の典礼や会合の席でうたわれた。その代表が「難波津の歌」である。法隆寺五重塔に書かれたものは、工事の節目に行われた典礼でうたったことを示唆している。そのように、「歌」をつくることは律令官人の職務であったが、その様式で個人的な用向きにもつくるようになる。「歌」を昇華して私的に楽しむ文学作品に仕立てたものが和歌となる。『万葉集』は私的な享受に供する目的で編纂されたものであり、奈良時代には多くの人たちに知られていなかった。その一方で、「うた」のもっていた個人的な性格が和歌に受け継がれた。醍醐寺五重塔の和歌たちはその線上に位置し、平安時代の和歌を贈答する風習につながるものである。

第八章
典礼の場から文学サロンへ、そして贈答歌へ

もしも出土物上に書かれた日本語の韻文に『万葉集』の歌の分類「雑歌《ぞうか》」「挽歌《ばんか》」「相聞《そうもん》」を適用しようとするなら、「難波津の歌」は雑歌である。栄原氏の言う「歌木簡」の歌句も、典礼の席でうたわれたのなら、雑歌でなくてはならない。葬儀の席なら挽歌でなくてはならない。しかし、実際に出土物上に書かれた歌句を読むと、「難波津の歌」以外は、内容が相聞にあたるものが多いようにみえる。その理由を考えてみよう。

●典礼向けの「歌」の様式で個人向けにうたう

これについて筆者は前著『木簡による日本語書記史』で「宮廷における典礼の一環としてはじめられた「歌」の素材が諸国から集められた在来の「うた」であった」と想定し、「一般の下級官人や技能者たちの詠歌は在来の「うた」から隔たらない水準にとどまり、典礼の席では「難波津の歌」の一つ覚えで許されたのかもしれない」という説明を試みた。「難波

津の歌」が典礼の「歌」として極めて汎用性が高かったこと、官人たちのつくった「歌」のできばえに優劣があったという考え方は変わらないが、栄原氏の「歌木簡」の提案を受けると、歌句の内容が典礼向けであるか否かが問われることになる。

そこで筆者の考え方を以下のように修正する。官人たちは、朝廷がはじめた文化政策にそって公的な典礼向けの「歌」をつくる作法を習得すると、個人的な用向きのものも「歌」の様式に則ってつくるようになった。個人向けの営為のうち、知的エリートたちの文学サロンにおける詠歌が和歌に昇華する。『万葉集』に収録されている和歌たちはその象徴である。一方では、日々の儀礼や人と人との意思の疎通に用いられて、事実上の「うた」になるときもあった。その後者が、平安時代の和歌を贈るたしなみにつながっていく。

●個人向けの「歌」を書いた木簡

出土物上に書かれた歌句のなかに、内容からみて公的な行事のためにつくられたのではなさそうなものが確実にある。四つの木簡に即してみてみよう。

まず、平城京跡の内裏外郭東北部から出土した木簡は図⑳のようにたくさんの文字が書かれている。「謹解　川口関務所」「白大郎尊者□下借銭請」などの手紙文の練習書きが行われた上に「津玖余々美宇我礼」の字句が書かれている。残っている字の濃さと重なり具合からみて、書いたのは歌句が後であろう。この字句は「月夜《つくよ》よみうかれ」とよめるが、「月夜よみ」

という語句は『万葉集』に巻十の二三四九番歌「我がやどに咲きたる梅を月夜良み宵々《よひよひ》見せむ君をこそ待て」、巻十一の二六一八番歌「月夜良み妹に逢はむと直道《ただち》から我は来つれど夜そふけにける」などの用例があり、あきらかに恋歌の用語である。

次に、平城京跡の東院西辺で出土した木簡は、「物差し木簡」としても有名である（次頁図㉑）。上端が丸く整形してあり、表には一尺目盛り、裏には五分目盛りで五寸分の目盛りが入れてある。

残っている部分で五八．五cmに及ぶ長い材に、一面一行書きで韻文が書かれているので、外形は栄原氏の言う「歌木簡」の様式にかなうようにもみえる。裏に別筆で「奈尓」と書かれているのが「難波津の歌」の書き出しであるとすればますますその蓋然性が高まる。しか

図⑳◀「歌」の習書　沖森卓也・佐藤信『上代木簡資料集成』おうふう、一九九四より引用

し栄原氏の説に従って原形を復原すると二尺半に及び、二尺を規格とするとやや長すぎる。また上端の丸めによって物差しの一寸目がやや不足しているので、先に物差しとして使われたものを、歌句を書くのに転用したと推定されるが、公的な典礼向けの「歌木簡」なら、それ専用に材が整えられたはずである。

そうした外的な徴証にまして、書かれた歌句を典礼向けとみることに問題がある。はじめの「目毛美須流安」は「安」に返符が付いているので「目毛美須安流」に並べかえて「めもみずある」とよめる。そして「ず」のuと続く「ある」のaとの母音連接から脱落が生ずる法則によって「目もみざる」となり、意味解釈にとくに困難はない。次の「保連紀」は「ほれぎ」の語形によむのであろうが、どうにも意味の解釈ができないので、さておくほかな

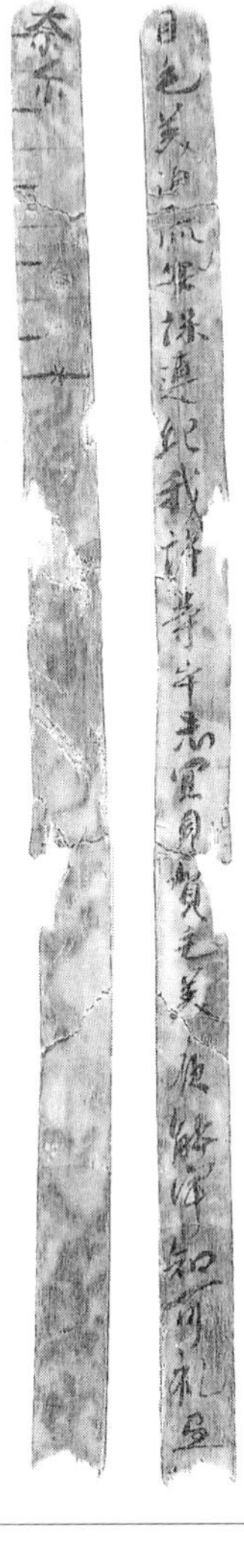

図㉑◀沖森卓也・佐藤信『上代木簡集成』おうふう、一九九四より引用

い。問題は続く「許等乎志宜見賀毛《ことをしげみかも》」である。「言を繁みかも」の意であろうが（小谷博泰『木簡と宣命の国語学的研究』和泉書院1986、二〇八頁参照）、「ことしげし」は『万葉集』では忍ぶ恋の歌の常套句である。たとえば巻十二の二八九五番歌「人言を繁みこちたみ我妹子に去にし月よりいまだ逢はぬかも」のように、二人の関係が他人のうわさになるので会い難いことを表現する。この木簡でも同じ表現に使われているとすれば、その下の字句「美夜能宇知可礼弖《みやのうちかれて》」を「宮の内離れて」の意として、人目を避けることを言っていると解釈できる。この歌句を公の典礼の席で披露したと考えるのは無理であろう。失われた下部に何が書かれていたかはわからないが。

この木簡について、多田伊織氏は、書かれた字が大きく美しいことに注目して、教養の高い人たちの私的な宴席で披露されたものと推定し、『玉臺新詠《ぎょくだいしんえい》』の艶詩をまねた和歌が奈良時代貴族層の宴席で詠まれてもおかしくないという意見を平成十七年度木簡学会研究集会の討論において述べている。『玉臺新詠』は、六世紀前半、梁《りょう》の宮廷サロンで詠まれた漢詩を集めた詩集で、『万葉集』に影響を与えたことがかねてから指摘されている。多田氏の論の公表を待ちたいが、本書の趣旨からみると、この木簡は八世紀の知的エリートたちが「歌」を昇華して和歌を詠むようになった過程を示す徴証ということになる。

次に、出土資料でただ一つ一字一音式表記でないものとして先に取り上げた「・玉尓有皮手尓麻伎母知而伊（玉にあらば手に蒔き持ちてい…）」は［↓112ページ］、一首片面一行書きであるが、栄原説に従って原形を復原すると約一尺になる。「歌木簡」の様式が二尺を規格とするのなら合わない。そして、歌句の内容にも問題がある。もしこれが典礼向けのものだったとしても、葬儀の典礼に際して異性の立場からうたった挽歌ということになる。というのは、「玉ならば手に巻き持ちて」は離れ難い恋情をあらわす常套句であるが、逢いたい気持ちにまかせない表現として相聞にも挽歌にも使われた。たとえば『万葉集』巻四の七二五番歌「玉ならば手にも巻かむをうつせみの世の人なれば手に巻き難し」は大伴坂上大嬢が大伴家持に贈ったもので、家持の答歌にも類似の歌句が用いられている。一方、巻一の一五〇番歌「…玉ならば手に巻き持ちてきぬならば脱くときもなく吾が恋ふる君ぞ…」は「天皇崩時婦人作歌」と題する長歌である。この木簡は、個人向けの目的で書かれた相聞の性格か、典礼向けならやや私的な席、たとえば近親者が集まる葬儀のための挽歌、あるいは長旅に出る者との離別の宴における相聞の性格ではなかろうか。このような詠歌のやりとりは平安時代の和歌の贈答の先駆けをなすというのが筆者の考える趣旨である。なお、先に指摘したとおり、この木簡は訓よみの漢字と万葉仮名との交用表記である。これを徴証として、公的な典礼に供する「歌木簡」は一字一音式表記で書かれていたと、逆に裏付けられる。

最後に、秋田城跡の外郭東門近くで出土した木簡も［↓110ページ］、一首片面一行で一字一音式表記であるが、栄原説に従って復原すると長さが約一尺になり、狭義の「歌木簡」の規格から外れる。歌句は第四章の2．に示したが、表側の書き出し「波流奈礼波」は「春なれば」であろうから典礼向きの可能性がある。しかし、裏側の書き出しの「由米余」「伊母」は「勤《ゆ》めよ」「妹《いも》」と読むことができ、これらは恋歌によく使われる語句である。もし表側の歌句が典礼向けだったとしても、再利用の際に裏側には個人向けのものを書いたと解釈する余地を残しておくのが良い。

●歌句は文脈と場面のなかで意味をもつ

右の「玉ならば手に巻き持ちて」の例のように、およそ歌句というものは文脈と場面のなかであらわす意味が決まる。人を慕う情を表現する語句は相聞にも挽歌にも適用し得る。死者を悼むために頻用される歌句が、別れを惜しむ文脈という共通性をもって生者を対象として使われることもあり得る。もう一つ例をあげて述べよう。『万葉集』巻二十の四三二三番歌「時々の花は咲けども何すれそ母とふ花の咲き出来ずけむ」は、母が花であれば捧げていくのにという出立の際の防人の気持ちをうたったとされる。この「花は咲けども」という語句は挽歌の常套句である。それゆえ筆者はこの防人の母は死去しているのではないかと疑っているが、今は通説に従って論述をすすめよう。先に第三章の2．でふれた『日本書紀』の孝徳天皇大化五年の記事にある歌謡「もとごとに花は咲けども何とかもうつくし妹がまた咲き出来ぬ」は、中大兄皇子《なかのおほえのみこ》の妃蘇我造媛《そがのみやつこひめ》の死を悼んで野中川原史満がつくったとされている［↓082ページ］。七世紀にこの歌句が一つの表現の型として成立し、以来、別れを惜しむ表現によく使われていたのであろう。防人歌の例も、『日本書紀』の歌謡の例も、ある文脈あるいは場面の要請にあわせてこの句が組み込まれた結果、惜別の相聞となり挽歌となり得ているのである。

　このように考えると、右に吟味して恋歌のように見えると分析した「歌」たちが典礼に向けてつくられなかったとは言い切れなくなる。個人的な恋情を表現する語句は逝去した貴人を称えるときにも使い得る。しかし、真の事情はむしろ逆であろう。在来の「うた」（民謡とへだたらないもの）は、もともと個人から発して、地域で共通性を帯びたものである。その内容は、季節の祝いや労働、人と人の情愛をうたったものが多かったであろう。それを素材にして公的な典礼向けのものに仕立て直したのが筆者の言う「歌」である。七世紀後半に「歌」の様式が確立した後も、在来の「うた」からの取材がひき続き行なわれたはずである。「うた」を土台にして「歌」をつくったとき、人を慕うことを表現する語句を、あるときは去る生者を送る歌句に、あるときは逝ける貴人を慕う歌句に、取り入れたのであろう。

　なお、官人たちが「歌」の水準に達しない「うた」をつくっていた可能性を残しておくのが良い。たとえば平城京の内裏北外郭から出土した木簡の「田延之比等等々流刀毛意夜志《たえしひととととるともおやじ》己々呂曽《こころそ》」は形容詞「同じ」の語形に関する阪倉篤義氏の論考（「国語史資料としての木簡」『国語学』第七十六集１９６９・３）でよく知られているが、「天平十八年九月四日交易紙百廿帳」などと書かれた裏側の下部三分の一に小さな字で書き込まれている（図㉒、左側）。人に見せることを意図したとは思われない。この語句の解釈は確定していないが、「田延之」は「絶えし」とよめる可能性がある。「延」がヤ行エなので「田得し」とはよめない。「絶えし人」「同じ心」なら恋歌の語句を想わせるが、字数からみると五七の繰り返しにならないので、韻文とも散文ともつかない。「うた」は本来こういうものであり、それを整えて「歌」の様式ができたのである。

●「うた」水準のものがなぜ木簡に書かれたのか

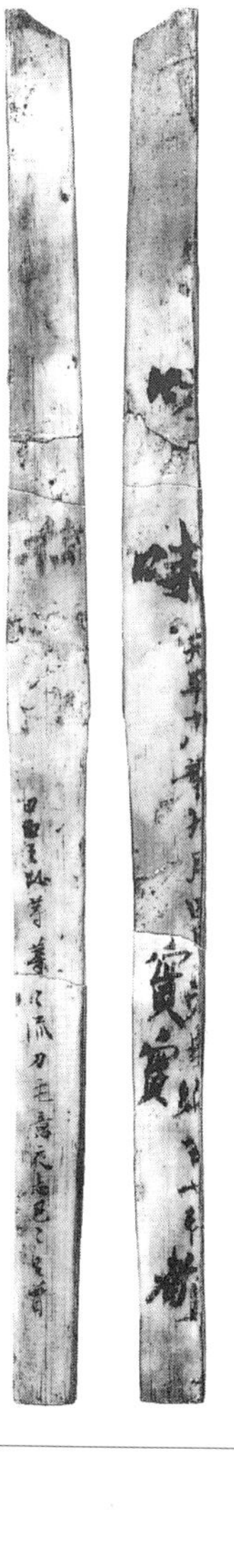
図㉒◀「歌」の習書 沖森卓也・佐藤信『上代木簡資料集成』おうふう、一九九四より引用（29頁、69）

それではなぜ「うた」の水準のものを木簡などに書いたかという疑問が起こるが、これを筆者は平安時代に和歌を詠んで贈ったたしなみにつながるものと考えるのである。「うた」を土台にして「歌」が成立し、公の場でうたうものとして確立した後、「歌」から和歌が、私的なものとして成立するにつれて、在来の「うた」のもつ相聞的な性格が復活した。言い換えると、高尚な文学作品として詠まれる和歌だけでなく、私的な楽しみや個人の間の意思疎通の媒介として和歌がつくられるようになった。木簡や墨書土器に書かれた歌句のなかで全くの習書としかみられないものは、官人たちのその営みの跡を示しているのではなかろうか。

時代が降るが、平安京の左京衛府跡から出土した十世紀前半の土器に墨で歌が書かれていた（京都市埋蔵文化財研究所蔵）（左図㉓）。かわらけ状のものに歌句が書かれた出土物は、先に第三章の2．と第四章の1．であげたように他にもある。平安時代の物語や歌集にもかわらけに和歌を書いた記事が出てくる。

この遺物はかわらけ状のものの外辺部分が八㎝程度残っていて、内側に変体仮名が書かれている。「いつのまにわすられ／にけむあふみちはゆめの／□□かは□□□なり／けり」とよむことができるが、今まで知られている歌集にこれと同一の和歌は存在しない。

歌句の内容は心離れを表現した恋歌である。「いつのま」「わする」を詠み込んだ和歌は『万

拡大図

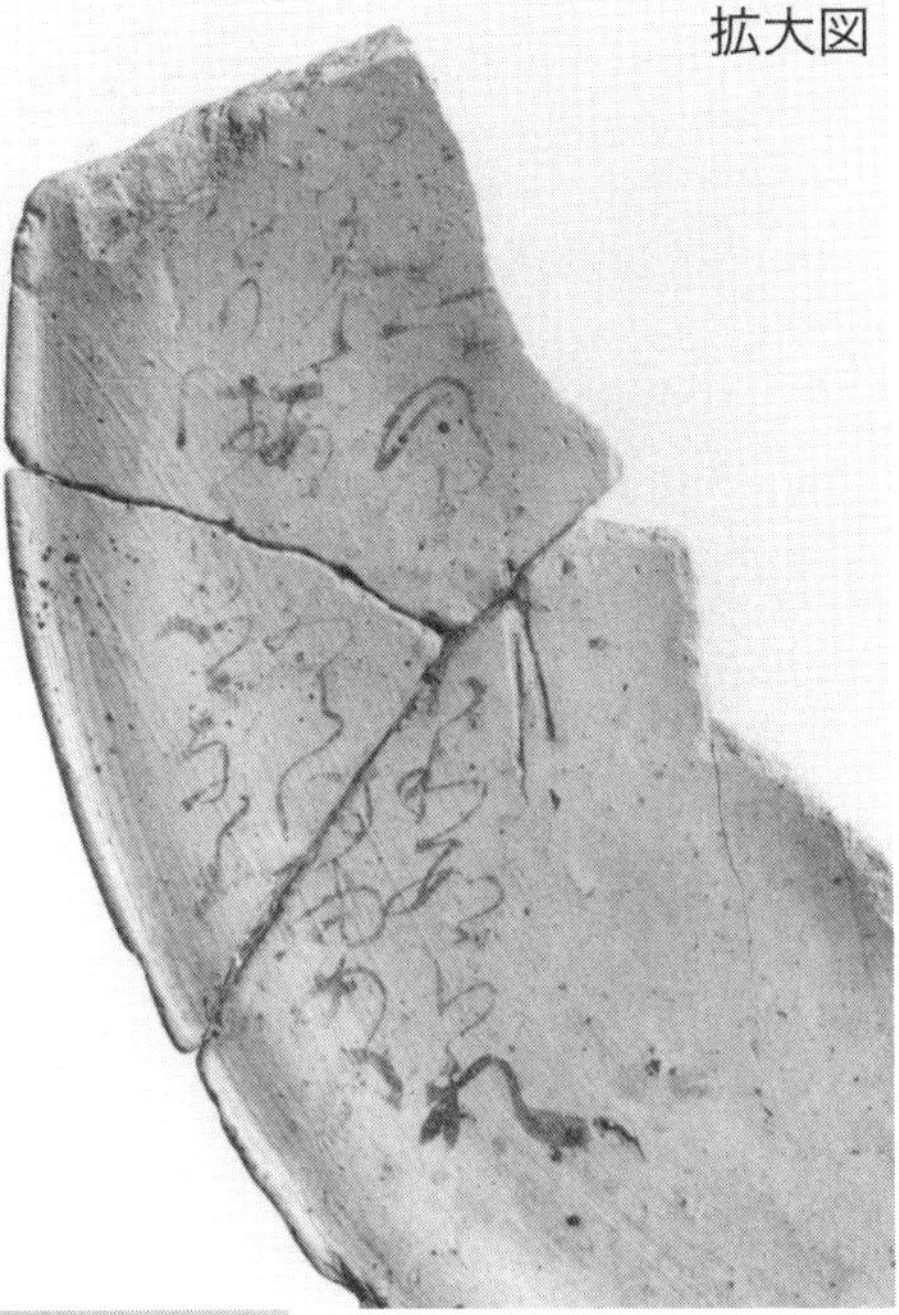

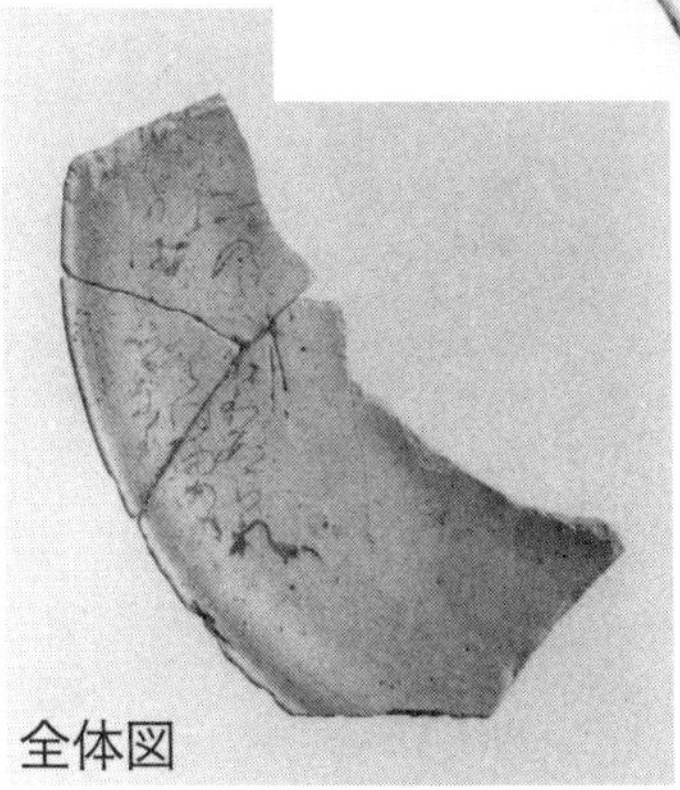

全体図

いつのまにわすられ
にけむあふみちはゆめの
□□かは□□□なり
けり

図㉓▶かわらけ状のものに歌句が書かれた出土物（京都市埋蔵文化財研究所所蔵）

葉集』巻十二の二九九六番歌「…言《こと》こそはいつのまさかもつね忘らえね（いかなる時でもいつも忘れられない）」がある。ものによせて恋情を述べた「寄物陳思」の部立てに収録された一首である。「わする」を詠み込み「逢ふ道」に「近江路」の掛詞を用いた和歌は、時代が降るが、『和泉式部正集』の二二二番歌（八七九番歌重出）「あふみちは忘れぬめりとみしものを関うち越えてとふ人やたれ」がある。なお、『古今和歌集』の恋の部に収録されている和歌に「わする」を詠み込んだものがあり、なかでも巻十五（恋歌五）の八二五番歌「忘らるる身を宇治橋のなか絶えて人も通はぬ年ぞ経にける」は発想が似ている。

このかわらけの歌句を書いて贈ったのは衛府の武人であろうか。それとも女性が武人に贈ったものであろうか。考え過ぎのそしりを受けるかもしれないが、器に飲み物を盛って贈り、受け取った人が飲み干すと歌句があらわれる仕掛けかと想像する。片思いを表現した『万葉集』巻四の七〇七番歌「思ひやるすべの知らねば片垸《かたもひ》の底にそわれは恋ひなりにける」があり、その注記「注之土垸中」はかわらけの底にこの歌句を書いたということであろうから、全くの夢想ではない。いずれにせよ、木簡や土器に歌句を書く八世紀以来の慣習が十世紀にうけつがれていたこと、そして、個人的な目的で日本語の韻文を書くときがあったことを示す物証となる。

●再び醍醐寺五重塔の天井板の歌句について

ここで、この章の趣旨に添って、前章にふれた醍醐寺五重塔天井板の和歌の内容に再び検討を加える。片仮名のものは、前章に掲げた図をみれば明らかなとおり、書いた後に材で覆われていた。平仮名のものは、伊東卓治氏（「醍醐寺五重塔天井板の落書」『美術史』二四、美術史学会1957・3）の「格子をつけたまま陳列されていた天井板より墨書が二点でた」という記述によると、格子の陰になるところに書かれていたようである。これらは何のために書かれたのか。伊東氏は「筆ならしのための落書であろう」と述べているが、前章で述べたように筆者は何かの事情を想定する。歌句を詳しく吟味して考えてみよう。

数ならぬ身を宇治川の網代には多くの氷魚を煩はすかな
昨日こそふちを□□□て笑まれしか今日は憎げに影の見えつる
さしかはす枝し一つになり果てば久しき陰とたのむばかりぞ

片仮名で書かれた三首を伊東卓治氏に従って右のような歌意に読むとすると、最初のは前章で述べたとおり『拾遺和歌集』の八四三番歌に酷似する。「憂」に「宇治」、「日を」と「氷魚」の掛詞が共通し、「ひをも過ぐしつる」に比べて「ひをを煩はす」となっているのがやや卑近な表現に感じられる点は異なるが、ほぼ同文と言える。歌句が流動しつつ流布していた和歌の一例とみなすことができる。

二番目のは「昨日こそ」に注目すると『古今和歌集』の一七二番歌「昨日こそ早苗とりしかいつのまに稲葉そよぎて秋風の吹く」のように四季の部類になるが、むしろ「影」「見ゆ」に注目して『後撰和歌集』巻九（恋一）の五八六番歌「いのりけるみな神さへぞうらめしき今日より外に影の見えねば」のように男女間の感情を表現したものとみるべきであろう。この『後撰和歌集』の一首は「女のもとにつかはしける」という題詞をもつ男二首女一首からなる贈答歌の末尾に位置している。

三つ目について伊東氏は『白氏文集』の「比翼連理」の影響を指摘している。歌句の「陰」「たのむ」に注目すると『古今和歌集』巻五（秋下）の二九二番歌「わび人のわきて立ち寄る木のもとはたのむ陰なくもみち散りけり」や同巻十九（雑体）の一〇〇六番歌「…秋のもみちと人々はおのが散り散り別れなばたのむ陰なくなりはててとまるものとは花すすき…」に発想が似ている。後者は題詞が「七條后失せ給ひにける後によみける」となっていて死別であるが、天井板のものは生別の情であろうから、場の要請に応じて同じ別れの語句が生と死と両方の表現に使われた一例に数えられる。

久に来ぬ人を待乳の玉の水澄ますか（げ）にも見えぬなるらし
逢ふことの明け【逢は】ぬながらに明けぬれば我こそ帰れ心やは行く

平仮名書きの二首を伊東氏は右のように試読している。一首目は第四句に「け」の脱字を想定してこのように解釈されたものであるが、来ない人を待つ恋歌である。前半部の「久に来ぬ人をまつ」という歌句は『左兵衛佐定文歌合《さひょうえのすけさだふみうたあわせ》』の二一番歌「ひさにこぬひとをまつにやあひぬらむときはの恋とわがなりぬるは」と一致する。凡河内躬恒《おほしかふちのみつね》の作とされ、第三句の「ぬら」に「にけ」の異文がある。同じ一首が『躬恒集』巻七の「今恋」の部立てにも収録されている。異文の「あひにけむ」の方が採られ、第五句の冒頭が「われ」であるところが異なる。ただし、『躬恒集』には異本があり、ここでは『新編国歌大観』の本文によった。平沢竜介氏（『和歌文学大系19 貫之集・躬恒集・友則集・忠岑集』明治書院、1997）によれば、延喜五（九〇五）年に躬恒は「平定文《たいらのさだふみ》歌合」に出詠している。天井板のものの後半部は『佐兵衛佐定文歌合』の二〇番歌「あはむとはおもひわたれどふじかはのすまずはつひにかげもみえじを」に用語と発想が一致する。二首目が『伊勢集』に収録された和歌と一致することは前章に述べた［↓170ページ］。会えないまま夜明けをむかえてしまった男の心残りを表現していて、これもかなわない恋の歌である。

●十世紀、流布していた和歌が歌集にひろい上げられる

こうしてみると、どの和歌も五重塔建立当時に存在していたとみて問題がなく、次のような状況が推測できる。十世紀半ば、和歌たちが詠まれうたわれて、歌句が流動しつつ世に流布していた。寺院を建てる匠たちも和歌を口ずさんでいた。そして彼らが口ずさむ水準の歌句にも漢詩の表現の影響が及んでいた。七世紀に朝廷がはじめた文化政策は、ここまで発展・普及を遂げていたのである。それは、一面では、古来口ずさまれてきた「うた」が、「歌」を経て、和歌として定着したということにもなる。そして、世に流布する和歌たちのうち、ある語句のものがこの天井板に書かれた。同じ語句のもの、若干の異文のあるもの、発想が同じでも語句の異なるものが、ある歌集に、別の歌集に、収録されていた。

工事にあたった匠たちがこれらを書いた事情はあれこれ想像を呼ぶが、もはや小説の世界に属する。目立たぬところにかなわぬ恋情を吐露して残そうとしたとだけは言える。それにしても、先に示唆したように、醍醐寺五重塔建立工事の現場で歌句を書いたことは、法隆寺の「難波津の歌」と連続をなしている。目立たないところとは言え、寺の材に書かれたのは、そのようなふるまいがとがめられるものでなかった慣習、言い換えると、祈りを込めて歌句を書き込む儀礼の記憶が、形を変えて尾を引いていたからではなかろうか。

その一方、醍醐寺五重塔を建てた匠が口ずさんだ和歌の内容は、個人の世界、恋の情であっ

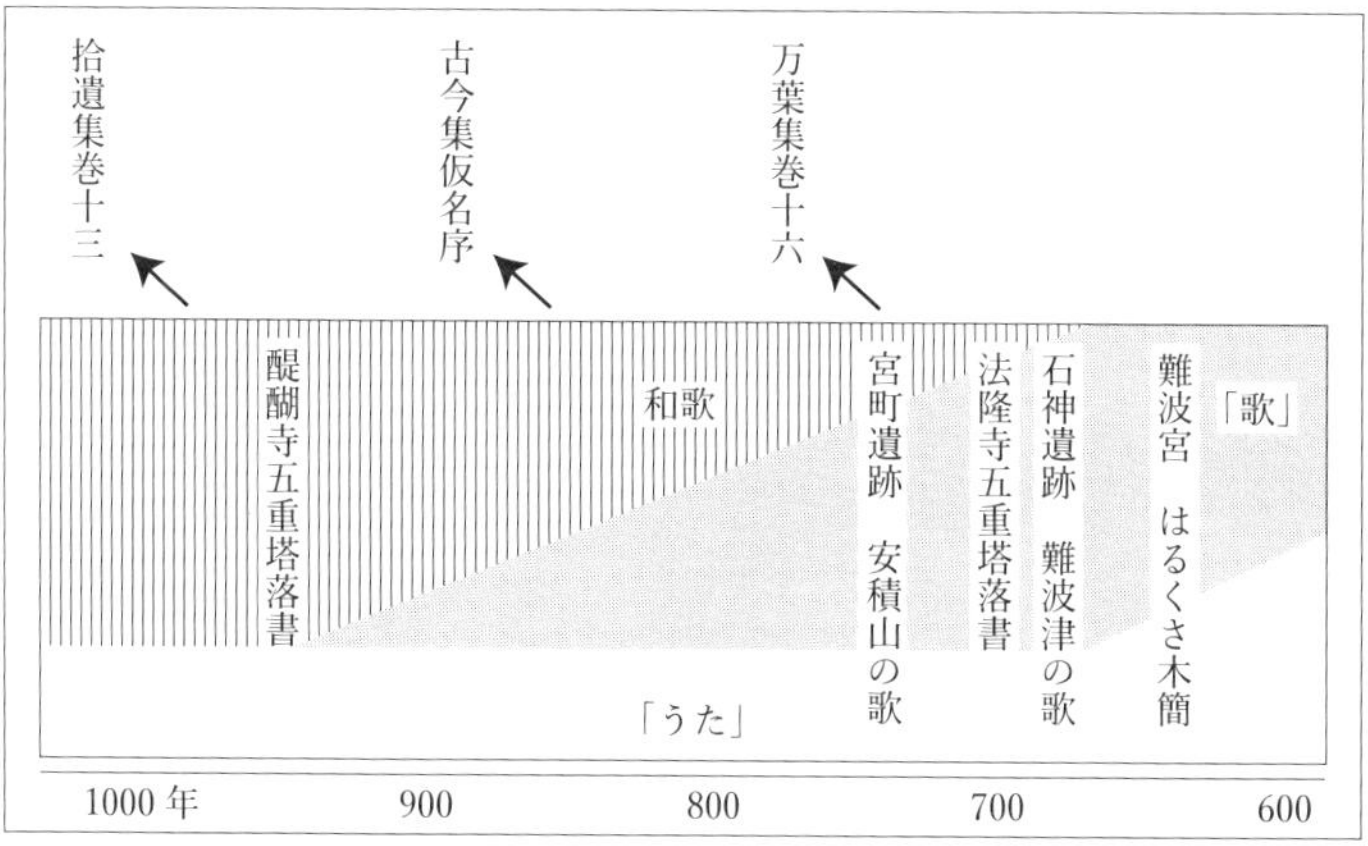

て、法隆寺五重塔を建てた匠が一つ覚えでうたった「難波津の歌」のような典礼向けでない。それは奈良時代以前と平安時代との不連続をなしている。「うた」から昇華した「歌」と、「歌」から昇華した和歌との、違いが失せ、「うた」のもっていた性格が和歌に受け継がれていた。これらの和歌には、「うた」から受け継いだ一面があらわれている。

再三述べるとおり、八世紀以前の出土物や落書の類に書かれた韻文で『万葉集』の和歌と一致する可能性をもつものは、今のところ、今回発見された「あさかやまの歌」だけである。それも『万葉集』とは表記の形態が異なる。出土物上に頻出する「難波津の歌」は『万葉集』に収録されていない。それに対して、十世紀には、勅撰集に収録された和歌とほぼ同文のもの、私家集に収録された和歌と全く一致するものが、五重塔の天井板に落書きされるほど世に流布していた。この違いに注目しよう。『万葉集』が八世紀の日本語の韻文の世界において特殊な存在であったことがよくわかる。

第九章
「難波津の歌」の世界と『万葉集』の世界

近年、『万葉集』の研究がすすむにつれ仏典や漢詩の表現から歌句への影響が解明されつつある。ということは、『万葉集』の和歌たちは当時の先端的な思想、文学的教養にもとづいたものであり、「古代の素朴な民衆の歌を集めた」というかつての『万葉集』像は成り立たない。そしてまた、本書で論じた「歌」たちも「素朴な民衆の歌」ではない。本書のおわりに、ここで言う「歌」たちがどのような性格のものであったか、まとめて論述する。そして、「歌」の対極に置くことによって、『万葉集』の和歌たちが八世紀の日本語の韻文の世界のなかでどのような位置にあったかを明らかにしようと試みる。「歌」たちの素材になった「うた」たちには「素朴な民衆の歌」が含まれていたであろうが、本書のよく論ずるところでない。出土資料に書かれた日本語の韻文がもっと多く出てくるのを待つ必要がある。

ここまでに述べてきたとおり、日本の律令官人たちがつくり方と書き方の作法を習得し記録を担当した「歌」たちは、祝宴、祈願、葬儀等の席上、口頭でうたう性格のものであった。なかでも「難波津の歌」は、実際の儀式で多くの場に共通してうたわれ、そして「歌」の作法を学ぶときの最初の手本として用いられたものであった。

●「難波津の歌」はどのようにうたわれたか

そのうたい方がどのようであったか想像してみよう。「さくやこのはな」を第二句と末句で繰り返す形式は、『古事記』仁徳天皇条の歌謡「やまとへに行くは誰《た》が夫《つま》こもりづの下よはへつつ行くは誰が夫」や『上宮聖徳法王帝説《じょうぐうしょうとくほうおうていせつ》』の歌謡「いかるがのとみの井の水いかなくにたげてましものとみの井の水」などにもみられ、古い様式とされる（西條勉「文字出土資料とことば」『国文学　解釈と教材の研究』第40巻10号参照）が、本書の視点からすれば、かけ合い形式でうたわれた「うた」を素材としてできた「歌」であったことを示す徴証になる。

当時どのようにうたったかは実証できないが、現代の各国で行われている伝承歌謡の様式を参照すると、歌唱の形態は、二人の歌手がかけ合いでうたう、独唱歌手がうたって参列者が全文または歌句の一部に唱和する、あるいは、合唱隊が全文をうたい部分的に満場の者が唱和するなど、さまざまに想像できる。歌句の繰り返しも伝承歌謡に普遍的な現象である。参考までに述べれば、バルト＝フィン語族にキリスト教以前から存在したとされる伝承歌謡「ルノ Runo」は、現代では独唱歌手と合唱隊との間の呼びかけ・応答の形式でうたわれている。そのとき、同じ歌句を何度か繰り返すことがある。

　奈良薬師寺の仏足石歌碑に刻まれている歌謡は五七五七七の後にさらに七が付く形式であるが、その最終句は万葉仮名の字を小さくして書かれている。これを筆者は、全員で声をそろえてうたい最終句を独唱者が付け加えてうたう、あるいはその逆など、かけ合いでうたわれたことを示す徴証であろうと考えている。中西進氏の『万葉集の世界』（中公新書1973、一五七〜八頁）にも同じ趣旨の発言がある。歌句の内容からみても、たとえば第15首の「たふとかりけり」「めだしかりけり」のように、第五句と第六句が対をなしている。こうした様式は、大勢が集まる典礼の席でうたうのにふさわしい。

　なお、「難波津の歌」の「咲くやこの花」の「この」は、指示語なのか「木の」なのか問題がある。いずれに受け取っても文意が成り立つ。『古今和歌集』仮名序に「むめのはなをいふなるべし」とある文言は、先に第二章で述べたように転写の過程で注釈書から本文に入ったかと疑われているが、うたい方の問題として、平安時代末期の京都アクセントで指示語「こ」と「木《こ》」が異なることを指摘しておきたい。もし奈良時代以前にも同じであったとすると、うたうときにアクセントに添って「此の」なら高く「木の」なら低くメロディーが付けられたはずである（「の」は前の名詞に従う）。ここで筆者はまたも想像をたくましくする。コノという発音の繰り返しの際に高低を変えたり、かけ合いの一方と他方とで同じ「この」を違うメロディーでうたったりして、声の掛詞を楽しんだのではないかと。これには筆者が試作した私家版の録音もある。

次に歌句の流動性を考えよう。第四章の1．でとりあげた藤原京出土の「難波津の歌」木簡は第三句「ふゆごもり」の位置が「泊由己母利」となっている〔↓095ページ〕。出土した当初に二番目の字を「留」とする釈文が提供されたので、「冬ごもり」を「春ごもり」に取り替えてうたった可能性を述べたことがある（拙稿「七世紀木簡の国語史的意義」『木簡研究』第二三号）が、二番目の字を「留」と認定することは困難な由である（木簡学会『木簡研究』第二五号、三三頁参照）。それにしても、フの期待される位置にハの万葉仮名「泊」をあてる誤りは不自然である。先にも述べたように、上代特殊仮名遣いで言うオ段甲類音とウ段音との交替、ユとイとの交替は想定可能である。ア段音とオ段乙類音との交替もあり得る。たとえば「はた（端）」と「ほと（り）」のように。しかし、ウ段音とア段音とは音声学的にみても交替が生ずる可能性は小さい。具体的に万葉仮名で示せば、たとえば「久《く》」が期待されるところに「児《こ》」、「由《ゆ》」が期待されるところに「伊《い》」、「己《こ》」が期待されるところに「可《か》」があてられているような場合は、七、八世紀の音韻の問題としてそれはそれで説明が付けられる。しかし「ふゆ」という語を「泊由《はゆ》」と書くはずはないということである。やはり「はる」を書こうとしたと仮定して、「留」の異体を「由」に誤って書いたとみるか、「春」に「はゆ」という語形があった可能性を想定した方が、まだしも蓋然性が大きい。「春」が「はゆ」というのは、助動詞「ゆ」と「る」のようなヤ行子音とラ行子音の交替なら想定できるからである。これ以上は証明の及ぶところでないし、「春ごもり」では文意が成り立たないという問題は解決しないので打ち切るが、うたわれた歌句が固定的でなかったとは言えそうである。

すでに述べたとおり、伝承的な韻文は同じ歌句であっても使われる文脈と場面によって別の文脈的意味を帯び、適用される場によって異なる意味をもってうたわれるのが普遍的な現象である。そのとき歌句の一部を取り替えてうたうこともありふれている。先にも述べたが、『古事記』『日本書紀』の歌謡や『万葉集』の和歌のなかの「類歌」と呼ばれるものは、そのような「歌」の生産事情を反映していると考えて良い。『万葉集』のなかにも「冬ごもり」(巻一の一六番歌、巻九の一七〇五番歌)「今は春辺と」(巻八の一四三三番歌)のように「難波津の歌」と同じ語句を用いたものが存在する。共通の語句や発想によっていくつもの「歌」たちがつくられ、その中のある一つの歌句が文脈を付与されて『万葉集』に収録されたのである。ここに見た藤原京出土木簡の字句は、そうした歌句が流動する事情の跡を示すものかもしれない。

●文学作品としての和歌の創造

それと同じ事情によって、典礼のためにつくられた「歌」の歌句が別の用途に使われ、そのとき語句の一部が取り替えられることもあったと考えてまず間違いない。別の用途への適用の例、たとえば挽歌と恋歌とについては先に述べた。さらに、「歌」が典礼のためでなく個人的に楽しむ目的に転用されてもおかしくない。むしろ、それが文学作品としての和歌の創造にほかならないだろう。そして、個人的な用向きにつくるということは、一面で、これも先に述べたとおり、「歌」の土台になった「うた」がもっていた性格の復活、公から私への回帰である。七世紀末、人麻呂や赤人らは、宮廷における典礼の一環としての「歌」を確立した。彼らが漢詩や漢文を学びその表現を消化して「歌」に磨きをかけるうち、日本語による文学作品の水準に至った。言い換えれば、「歌」たちのなかのすぐれたものが和歌の水準に昇華した。その目的が個人向けの享受となったとき、和歌が誕生したと言えるであろう。その進展は、歴史の局面にときどきあらわれる極めて急速な歩みであったろう。そのとき、すでに述べてきたように、歌句の表記形態も、口頭でうたうことを前提にした一字一音式表記から、目で読んで楽しむことのできる訓字主体表記に変更されたのであった。

『万葉集』の訓字主体表記には、先に例をあげて述べたとおり、漢籍や仏典の漢語に関する素養を前提として、視覚をとおしてはじめて読解できる仕組みの「迂回的な表記」をとっているものがある。巻五のような一字一音式表記についても、漢字音の最新知識を前提としているところが一種「迂回的」と言える。すでに七世紀までに万葉仮名の字体と日本語の音韻との対応がおおよそ成り立っているときに、中国の漢字の原音に一度たちもどることを求めているからである。具体的に万葉仮名で示せば、すでに上乙類に「止」が定着しているところへ「登」を使うのが「迂回的」である。さらに、想像をたくましくすれば、巻十五の「遣新羅使歌群」が一字一音式表記であること、巻二十の「防人歌」が地方の役所で用いられていた特徴的な万葉仮名を書き改めずにまじえていることなども、一種の文学的な営為と考えることができる。その和歌群の内容を表現するために、わざと都人の文学的な表記とは異なる形態がとられたのではなかろうか。

●公の「歌」、私の和歌

以上の考察により、本書に言う「歌」と和歌とは、八世紀には、次のような対立関係かつ連続関係にあったととらえることができよう。「難波津の歌」は、仁徳天皇の徳を讃えた典礼そのものの内容をもち、世に広く盛行した。下級の官人や技能者たちも盛んに習い書いた。『万葉集』巻一の巻頭に近い位置に配列されていてもおかしくない。しかし、『万葉集』には収録されていない。歌集に収録されたのは、十世紀後半に成立したかとされる『古今和歌六帖』の四〇三二番歌としてが最初である。巻第六の「花」の部目の冒頭に載せられているが、『古今和歌六帖』の性格が「六帖の万葉歌の中には万葉集以外に伝はった伝誦歌の系統をひいてゐるものが少なくない」(平井卓郎『古今和歌六帖の研究』明治書院1964「はしがき」)ことが本書の趣旨には示唆的であろう。『和漢朗詠集』下巻にも六六四番歌として収録されているが、「帝王」の部目、帝の事績を讃える内容の漢詩文がかかげられた後の和歌二首の一つ目（二つ目すなわち部目の末尾は小松天皇御製）として載せられている。このこともやはり本書の趣旨にとって示唆的である。平安時代にも「難波津の歌」は当時の和歌観の本流から外れたところに位置付けられていた印象がある。

一方、「うたのちちはは」の「ふたうた」のもう一つ「安積山の歌」は、『万葉集』巻十六の三八〇七番歌として収録されているが、四千五百余首のなかのとりたてて名歌とも言えない一首である。紫香楽宮木簡にあらわれ、「難波津の歌」と表裏に書かれていることから、今まで考えられていたよりは人の口に多くのぼせられていた可能性が生じたが、それにしても、本書の趣旨から期待されるところに違わず一字一音式の表記形態によっている。この事情を本書で考察したところから説明すれば、世に盛行した「難波津の歌」を収録せず、「安積山の歌」を訓字主体表記に改め漢文の左注を付けて収録した『万葉集』こそが、当時にあって特殊だった。公からも一般の人たちからも離れたところにある高尚なものだったのである。

二首の内容をあえて『万葉集』の分類概念で言えば、「難波津の歌」は先にも述べたとおり雑歌、「安積山の歌」は相聞ということになる。平安時代の勅撰集の部立てに置き換えるなら、「難波津の歌」は四季の部のなかの典礼的なもの、あるいは雑体の部のなかの一部、「安積山の歌」は恋の部になるであろう。平安時代に「てならふひとのはじめにもしける」とき、人と人の心を通わせる言葉の表現を習得するためには「安積山の歌」の歌句を習ったわけであるが、奈良時代にそれほど広く知られていなかったものが平安時代に恋歌の見本にすえられたことになる。奈良時代の中頃に視点を置いてみれば、「難波津の歌」が全国で広くうたわれ書かれた理由は官許の「歌」だったからである。「安積山の歌」が「歌」だったとき、もともとどのような性格のものであったかは今後を待つほかない。この先、紫香楽宮以外にも出土するかもしれないし、奈良時代における普及の程度についても後考を待つ必要がある。それにしても、「歌」と和歌をめぐる奈良時代の状況のなかで公よりは私の相に属していたものが、平安時代に脚光を浴びたことになる。

結語を述べる前に、平安時代との連続面をもう少し観察しておこう。「安積山の歌」が収録されている『万葉集』巻十六は、集中で特異な性格の巻と言われる。巻全体が雑纂的な内容のなかで、「安積山の歌」は巻頭の男女の間柄にかかわる内容の和歌群の一つとして収録されている。すでに第二章の1．でふれたが、漢文の左注が付いていて、陸奥国に派遣された葛城王の「不悦、怒色満面」を「風流娘子」が王の膝をうってこの和歌で慰め、「王意解悦、楽飲終日」に至ったという内容である。作者はその「前《さき》の采女《うねめ》」ということになるが虚構であろう。諸注釈が指摘するとおり、巻十六の和歌たちは文学性が濃い。とりわけ「安積山の歌」の前後の和歌群は和歌と左注とで男女の機微を描いていて、平安時代の『伊勢物語』などの歌物語の先駆けとも言えるような表現をなしている。先にも述べたとおり、『古今和歌集』の選者は『万葉集』の当該箇所(今私たちがみるテキストとは限らない)を読んでいる。『万葉集』の和歌たちを平安時代の和歌観によって価値付けたとき、このようなものをよしとしたのであろう。このことから、現代の私たちが画いている『万葉集』像全体も、平安時代人の解釈をとおしたものなのだろうとの見通しが生じてくるが、これ以上は本書の論ずるところでない。『古今和歌集』仮名序に紀貫之が「これよりさきの歌をあつめてなむ万えふしふと名づけられたりける」と書いている。その「万えふしふ」の正体はどのようなものだったのであろうか。

●典礼で「難波津の歌」をうたい、自宅で『万葉集』を読む

おそらく『万葉集』は、奈良時代においては知的エリート層の中の限られた人たちが私的に享受していたものである。先に述べたように、『万葉集』も、「いやしけよごと」で全巻が閉じられているとおり、典礼の一環としての「歌」の性格を引き継いでいる。しかし、その和歌たちは、もはや読解して楽しむ文学作品となっていた。対して「難波津の歌」は、あくまで典礼の席でうたう「歌」の代表なのであった。

奈良の飛鳥に酒船石遺跡がある。七世紀の石造遺物である。小高い丘の上にあるが、二〇

奈良県・明日香村酒船石遺跡の「亀形石造物」（明日香村教育委員会文化財課協力。写真は筆者提供。）

〇〇年に行われたふもとの発掘で亀の形をした水盤が見つかった。丘が石垣で飾られ、斜面に樋が設けられていた可能性も指摘された。聖なる丘から下される霊水を亀が飲んで後ろへ流す仕組みになっていたらしい。和田萃氏は神仙思想に結び付く「醴泉」の可能性を指摘している（『飛鳥池遺跡と亀形石―発掘の成果と遺跡に学ぶ―』ケイ・アイ・メディア2001）。その先の方向に飛鳥池や飛鳥寺が位置する。二〇〇七年十月二十五日付けの新聞各紙の報道によると、金原正明氏が亀から流れる水路の石組みの溝の土を分析したところ、大量のベニバナの花粉が含まれていた。その水路に添って、周りはこぶし大の花崗岩を敷き詰めたテラス状の円形広場になっていた。現在は一部を残して

埋め戻されているが、おそらく百人規模の集会ができる広さである。直木孝次郎氏（前掲書）は、この遺跡全体を外国を意識して造営された豪華庭園と解釈している。七世紀後半、斉明天皇の主催する典礼のある日、参列者は、外国からの使者の前で「春草の歌」「香具山の歌」（実在しない。念のため）などとともに「難波津の歌」を高らかにうたったのであろうか。

後書

　本書の刊行には次の三つの意図がある。まず、前著『木簡による日本語書記史』の刊行から三年を経て、記述内容と見解を大幅に改めなくてはならないところが出てきた。とりわけ、難波宮跡から七世紀中頃の「歌」を書いた木簡が出土し、続いて、紫香楽宮跡から表裏に「歌」を書いた七四〇年代の木簡が発見された。これらの出現は、考察の基盤となる物証に重要なものが追加された意義をもつだけでなく、木簡に「歌」を書くことに関する考え方全体を大きく変えなくてはならない状況をもたらした。前著の後書きに「一枚の木簡の出土が従来の知見に大きな変更を強いるのが常である」と書いたが、そのとおりのものが二枚も出現したのである。射水市の赤田《あかんだ》遺跡から出土した九世紀後半の墨書土器も「歌」と祭祀との関係に再考をせまる資料である。また、既知の資料の読解に関しても、前著の論述に重要な点で訂正を要する事実が出てきているし、刊行後に筆者が蒙を啓かれたところがある。それらのうち「歌」にかかわることがらについて新たな情報を提供し、前著を補おうとする。

　もう一つに、前著にいただいた御批正のなかに、とりあげた出土資料をどのようによみ、どのような見方で価値付けるかを充分に説明していないという趣旨のものがあった。前著は歴史学を視野に入れつつ言語研究の専論として書いた。本書は国語国文学に興味をもつ多くの人に向けて発言する姿勢で論述した。そのため、あえて羽目を外したところがある。出土した資料をみながら想像をめぐらすのは楽しいが、通常、言語研究では証明の及ばないことに関して禁欲的な態度をとる。わかっていて言及を避けるときがある。そこにも立ち入った。記述の仕方も、話の本筋から離れて専門的なことがらに説明を加えたり、同じことがらを視点を変えて別の章でくり返したところがある。記述に用いる術語も、できるかぎり一般的なものを使った。たとえば「表記」という術語は、言語研究の専書なら筆者は使わない。

そして第三の意図は、国文学に木簡がどのように役立つかを示すことである。古代史には木簡が不可欠であるが、国語国文学とくに文学研究の領域では利用が今のところ限られている。あえて目を背けようとする向きさえある。『万葉集』の注釈書の口絵に木簡が掲載されていても、多くの読者は歌句の内容に結びつくと思っていない。木簡は言語資料である。何が書かれているのかわからなければ歴史資料としての真価も発揮されない。国語国文学にとっても、七、八世紀当時の一次資料が数万点も存在する意義は大きい。記紀万葉の類からは見えなかった情報が得られ、写本として存在する記紀万葉の類をより良く正しく理解する途もひらける。本書が国語国文学の領域でこのようなことができるという誘い水になれば幸いである。とくに上代文学の研究を志す若い人たちに、柔らかい新鮮な思考を期待する。

本書の原稿の段階で愛知県立大学文学部教授の久富木原玲氏と伊藤伸江氏に批正を賜り和歌に関する論述の不備を正すことができた。また、本書の着想は、上代文学会の「書くことの文学」研究会（一九九八年一一月）の席上、観音寺遺跡の「難波津の歌」木簡の出現に話題が及んだ際に筆者の口をついて出たものであり、その次の会（一九九九年三月）で披露したのが公表の最初である。その席上、吉田義孝氏の論文の存在を中央大学教授の岩下武彦氏から教示を賜ったのが、この成書の基をなしている。さらに、紫香楽宮跡から出土した「難波津の歌」「安積山の歌」両面木簡については、栄原永遠男氏のご厚意により、村田正博氏、乾善彦氏とともに奈良文化財研究所で現物を検証する機会をいただき、考察を深めることができた。その際には甲賀市教育委員会の配慮を賜った。また、射水市教育委員会の山下富雄氏から赤田遺跡出土の墨書土器に関する資料をわざわざお送りいただいた。その他、廣岡義隆氏、田中大士氏、山本崇氏、市大樹氏をはじめとする諸氏に常々お教えをいただいて愚考を改めたところが多い。この紙面を借りて各位にあつく御礼申し上げる。

なお、末筆となるが、編集担当として多くの助言を頂いた岡田圭介氏をはじめ、笠間書院の皆様に謝意を表する。

二〇〇八年八月　　犬飼　隆

付録

本書で言及する資料に関する年表

注●アミを載せているところは歴史事象。／⬇は以後長期にわたることを表す。

●西暦	●外国	●日本	●日本列島出土資料
三〇〇頃	『魏志』東夷伝倭人条		
四一四	高句麗『広開土王碑』		
		応神朝に王仁が百済から渡来して『論語』『千字文』を招来したとの伝承	
四七一か			『稲荷山古墳鉄剣銘』
四八一頃か	高句麗『中原高句麗碑』		
六世紀前半	『千字文』『文選』成立		
五五二(六一二?)	新羅『壬申誓記石』		
五六一以前	新羅「城山山城」木簡		
六〇八(六六八?)	新羅「二聖山城」木簡		
六二二		『天寿国曼陀羅繍帳銘』	
六〜七世紀	新羅「月城垓字」木簡		
六三〇		第一回遣唐使	徳島県観音寺遺跡木簡⬇
六四五		大化の改新	難波宮跡木簡
六五〇		『法隆寺金堂四天王光背銘』	山田寺跡「奈尓波」瓦刻書
			長野県屋代遺跡木簡⬇
六六〇	百済滅亡		静岡県伊場遺跡木簡⬇
六六七頃		『法隆寺薬師仏像光背銘』	滋賀県北大津遺跡字書木簡
六六八	高句麗滅亡		滋賀県森ノ内遺跡手紙木簡
六七三		天武天応即位	千葉県五斗蒔瓦窯跡出土刻書
六八一		『山ノ上碑』	観音寺遺跡「難波津の歌」木簡
六八三		『新字』編纂詔が出る	飛鳥池遺跡木簡
			石神遺跡木簡
			埼玉県小敷田遺跡木簡

六九四		藤原京遷都	藤原京木簡
七〇二		『大宝二年度戸籍』	平城京木簡 ↓
七一〇		平城京遷都	長屋王家木簡
七一二		『古事記』	
七二〇		『日本書紀』	
七二一		『養老五年度戸籍』	山口県長登銅山跡木簡
七二九		『近江国志何郡計帳』	二条大路木簡
七三〇		『万葉集』梅花宴歌	
七三九		『出雲国大税賑給歴名帳』	兵庫県辻井遺跡木簡
七四二		紫香楽宮造営	滋賀県宮町遺跡木簡
七五三か		『薬師寺仏足石歌碑』	広島県安芸国分寺跡木簡
八世紀半ば	新羅「雁鴨池」木簡・鍵		
七五五		『万葉集』防人歌	
七五九		『万葉集』最終歌	
七六二頃		『正倉院万葉仮名文書』	
七八四		長岡京遷都	長岡京木簡
七九四		平安京遷都	平安京木簡 ↓
七九八	新羅『氷川菁堤碑』		秋田城跡木簡
八一〇頃		『東大寺諷誦文稿』	
九世紀半ば			石川県加茂遺跡牓示札
九世紀後半			富山県赤田遺跡墨書土器
			富山県東木津遺跡「難波津の歌」木簡
九〇〇		『新撰字鏡』	
九〇五		『古今和歌集』	
九三四		『和名類聚抄』	
一〇〇〇前後		『源氏物語』	
一〇〇五～七		『拾遺和歌集』	
一一〇〇頃		『類聚名義抄』	
一一四五	高麗『三国史記』		
一二八九頃	高麗『三国遺事』		

主な木簡出土地図

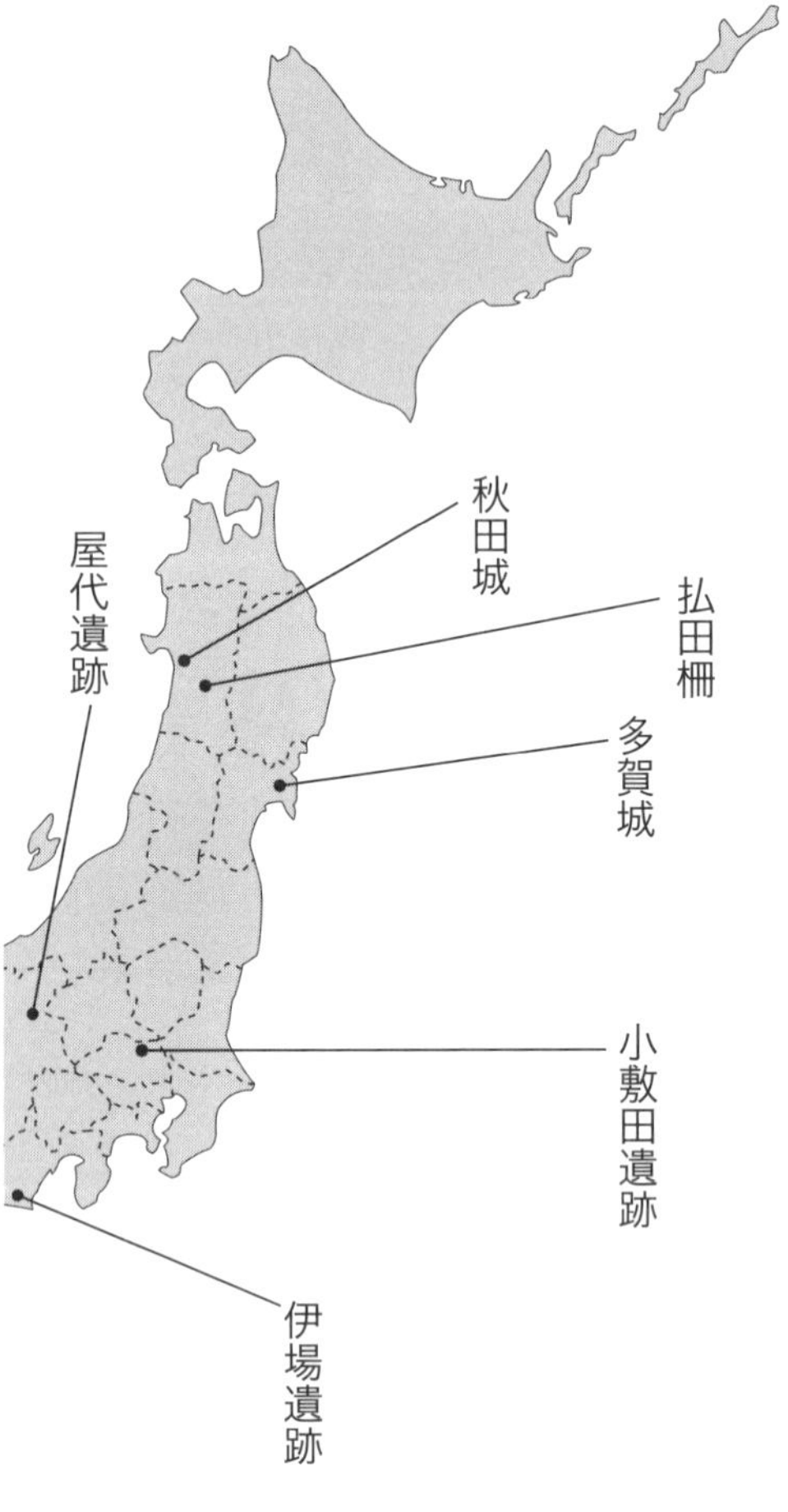
秋田城
払田柵
多賀城
屋代遺跡
小敷田遺跡
伊場遺跡

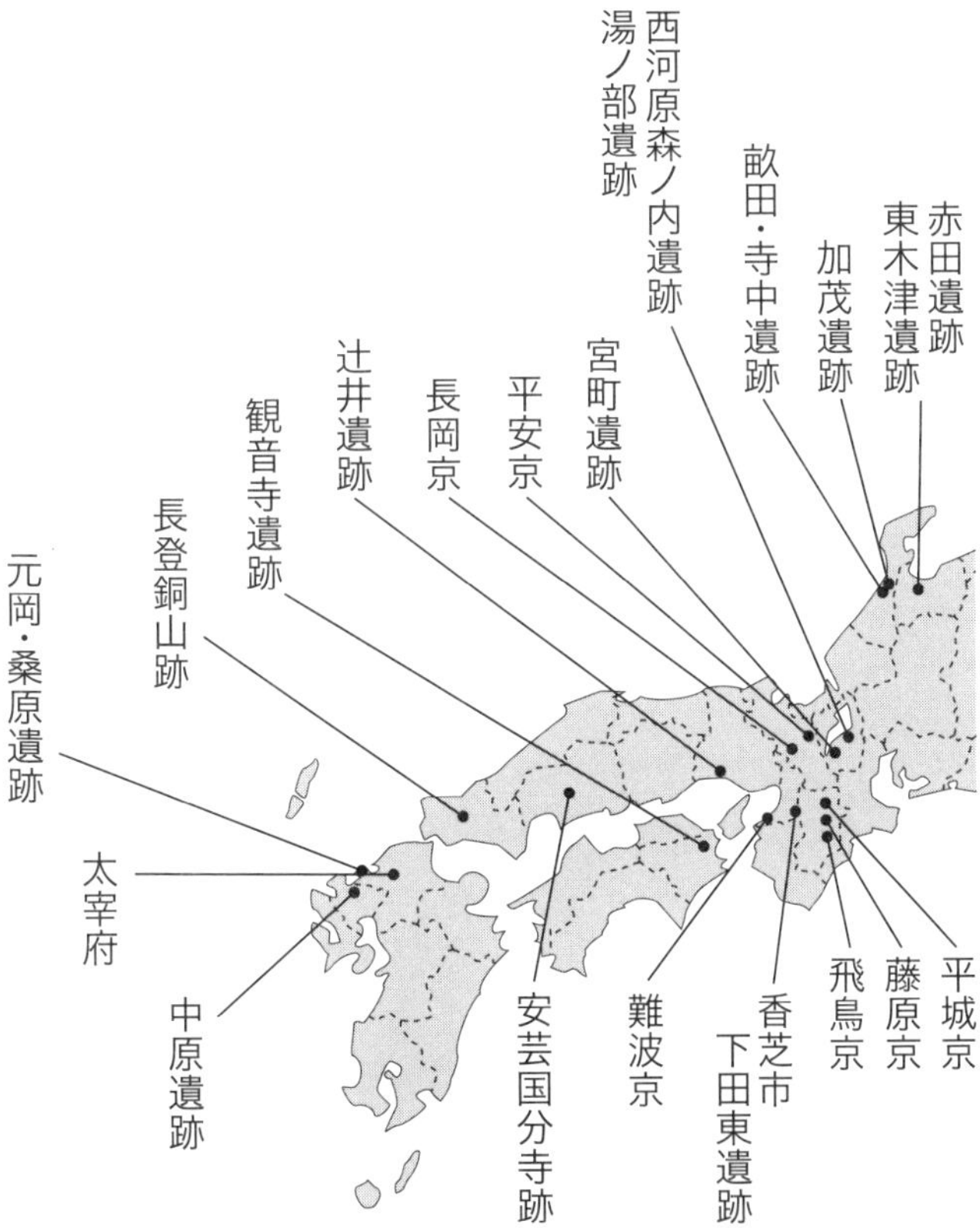
赤田遺跡
東木津遺跡
加茂遺跡
畝田・寺中遺跡
西河原森ノ内遺跡
湯ノ部遺跡
宮町遺跡
平安京
長岡京
辻井遺跡
観音寺遺跡
長登銅山跡
元岡・桑原遺跡
太宰府
中原遺跡
安芸国分寺跡
難波京
香芝市
下田東遺跡
飛鳥京
藤原京
平城京

ハ　行

マ　行

ヤ　行

ワ　行

著者名索引

（同一ページ内に複数ある場合は一回のみ掲出）

サ　行

タ　行

ナ　行

ハ　行

キーワード索引

（同一ページ内に複数ある場合は一回のみ掲出）

ア 行

カ 行

犬飼　隆（いぬかい　たかし）
＊略歴
1948年（昭和23）年名古屋市生まれ。
東京教育大学大学院文学研究科博士課程単位所得退学。
学習院女子短期大学助教授、神戸大学教授を経て、
現在、愛知県立大学文学部国文学科教授。
文字言語を対象とする理論的・実証的研究に従事し、
古代史・考古学との学際研究をすすめている。
1993（平成5）年、筑波大学より博士（言語学）の学位を授与。
＊主な著書
『上代文字言語の研究』（笠間書院、1991、【増補版】2005）
『文字・表記探求法』（朝倉書店、2002）
『木簡による日本語書記史』（笠間書院、2005）
『漢字を飼い慣らす　日本語の文字の成立史』（人文書館、2008）
＊共著
『古代日本の文字世界』（大修館書店、2000）
『美濃国戸籍の綜合的研究』（東京堂出版、2003）
『古代日本 文字の来た道』（大修館書店、2005）
『言語と文字』〈列島の古代史6〉（岩波書店、2006）等がある。

木簡《もっかん》から探《さぐ》る和歌《わか》の起源《きげん》
「難波津の歌」がうたわれ書かれた時代

2008年9月30日　初版第1刷発行

著　者　犬飼　隆

装　幀　椿屋事務所

発行者　池田つや子
発行所　有限会社　笠間書院
東京都千代田区猿楽町2-2-3［〒101-0064］
電話　03-3295-1331　Fax　03-3294-0996

ISBN978-4-305-70390-3

印刷／製本：モリモト印刷
乱丁・落丁本はお取り替えいたします。
（本文用紙・中性紙使用）
出版目録は上記住所またはhttp://www.kasamashoin.jp/まで。